U0644591

RESEARCH ON
THE HISTORY OF TAIWAN
LITERATURE

台湾文学史研究

汪毅夫 著

九州出版社
JIUZHOUPRESS

图书在版编目（CIP）数据

台湾文学史研究 / 汪毅夫著. -- 北京 : 九州出版社, 2020.12
ISBN 978-7-5108-9992-8

Ⅰ. ①台… Ⅱ. ①汪… Ⅲ. ①文学史研究—台湾 Ⅳ. ①I209.958

中国版本图书馆CIP数据核字(2021)第014186号

台湾文学史研究

作　　者	汪毅夫　著
出版发行	九州出版社
地　　址	北京市西城区阜外大街甲 35 号（100037）
发行电话	(010)68992190/3/5/6
网　　址	www.jiuzhoupress.com
电子信箱	jiuzhou@jiuzhoupress.com
印　　刷	三河市兴博印务有限公司
开　　本	650 毫米 ×960 毫米　16 开
印　　张	13.5
字　　数	170 千字
版　　次	2020 年 12 月第 1 版
印　　次	2020 年 12 月第 1 次印刷
书　　号	ISBN 978-7-5108-9992-8
定　　价	56.00 元

目录 CONTENTS

台湾文学：民俗、方言的介入——关于一种间歇性文学现象的描述和思考

在台湾文学史上，这是一个淡出淡入、隐而复现的画面：众多的作家共同倾心于在他们的作品里记录台湾民俗事象、采用台湾方言词语。

文学上的采风之风并非空穴来风，它的发生和发扬是有条件的，得势而行，失时辄止，随着出于政治、经济、社会、文化诸方面的各种因素而消长起伏。台湾民俗、台湾方言广泛介入台湾文学乃表现为一种间歇性的文学现象。

一

台湾学者陈香尝谓：

> 清人奄台，修文偃武，气候逐渐晴朗……但诗风一变。士君子咏蛮花、吟犵草，进而竞相雕词琢句。赋沧州逸兴者有之，猎鲲海风光者有之，人们因称之为“乡土文学”。实则厥为诗在台湾的开始滋荣。惟这类取材有限的诗，旋又趋入击钵联吟的窄径，仅聊堪自视为清诗中罕见的野花而已。①

这里概括的是清代台湾采风诗，实际上也是清代台湾文坛采风之风由盛入衰的历史过程。

从清代康熙年开始，一批又一批大陆作家以游宦、游幕或者游学先后入台。游历台湾的大陆作家首开风气，乾隆年起又有台湾本地作家出而响应，清代台湾文坛的采风之风曾经蔚为大观、百年不衰，也

① 陈香:《台湾十二家诗抄·绪言》。

曾受制受挫、终于一蹶不振。

清一代游历台湾或者寓居台湾的作家几乎莫不留有采写台湾民俗方言的作品。这些作品略可分为采风诗和风土笔记两类。

清代台湾采风诗包括了四言、五言、七言、杂言（如孙湘南《裸人丛笑篇》里四言、五言、七言、杂言各体皆备），律（五律如孙尔准《台阳杂咏》，七律如马子翊《台阳杂兴》）、绝（如张湄《瀛台百咏》）、古（如蓝鼎元《台湾近咏》）各体，而尤以宜庄宜谐、宜于记录风土人情的“七言竹枝”[①]之体即竹枝词的创作成绩为最佳。

清代台湾采风诗之主要作家、主要作品有：齐体物《番俗杂咏》；高拱乾《东宁十咏》；郁永河《台湾竹枝词》《土番竹枝词》；孙湘南《裸人丛笑篇》《秋日杂咏》；阮蔡文《淡水纪行诗》；蓝鼎元《台湾近咏》；黄叔璥《番俗杂咏》；郑大枢《风物吟》；夏之芳《台湾杂咏》；吴廷华《社寮杂诗》；范咸《台江杂咏》《再迭台江杂咏》《三迭台江杂咏》；张湄《瀛壖百咏》；李如员《台城竹枝词》；孙霖《赤嵌竹枝词》；卓肇昌《东港竹枝词》《三畏轩竹枝词》；蒋士铨《台湾赏番图》；周芬斗《诸罗十二番社诗》；朱仕玠《瀛涯渔唱》；谢金銮《台湾竹枝词》；陈廷宪《澎湖杂咏》；周凯《澎湖杂咏和陈别驾廷宪》；施琼芳《盂兰盆会竹枝词》《北港进香词》；彭廷选《盂兰竹枝词》；刘家谋《台海竹枝词》《海音诗》《海东杂诗》《海舶杂诗》《唐山客》《虎老爹》《大头家》《草地人》《罗汉脚》《童叶曲》《珠母孙》《赤脚苦》《七夕》；陈肇兴《赤嵌竹枝词》《番社过年歌》；黄敬《基隆竹枝》；郑用锡《盂兰盆词》；查元鼎《澎湖竹枝词》；陈维英《清明竹枝词》；张书绅《端午竹枝词》；傅于天《葫芦墩竹枝词》；王凯泰《台湾杂咏》《台湾续咏》；何澄《台阳杂咏》；马子翊《台阳

① 翁方纲语，见翁方纲《石州诗话》。

杂兴》；吴德功《台湾竹枝词》《番社竹枝词》；许南英《台湾竹枝词》；周莘仲《台湾竹枝词》；谢苹香《凤山竹枝词》；康作铭《瑯峤竹枝词》；李振唐《台湾竹枝词》；陈朝龙《竹堑竹枝词》；黄逢昶《台湾竹枝词》；丘逢甲《台湾竹枝词》；屠继善《恒春竹枝词》。

清代台湾风土笔记中较著者有《稗海纪游》(郁永河，1697)、《台海使槎录》(黄叔敬，1742)、《台海见闻录》(董天工，1751)、《海东札记》(朱景英，1772)、《蠡测汇抄》(邓传安，1830)、《问俗录》(陈盛韶，1833)、《一肚皮集》(吴子光，1873)、《东瀛识略》(丁绍仪，1875)、《台阳见闻录》(唐赞衮，1891)等。这类作品多富于文学色彩，邓传安在《〈蠡测汇抄〉自叙》里就指出《蠡测汇抄》不同于"案牍应酬之作"。台湾风土笔记记录台湾民俗事象，绘声绘色、活灵活现，有许多精彩的片段。如吴子光《一肚皮集》记"台地盂兰会"：

届时，为首者斋戒起灯竺，高数寻，悬烛笼其上，光莹莹照彻四野。依庙为坛，施彩结，四壁挂古人山水名迹几遍，旁置金鸭，爇沈水香，氤氲满室。诸螺钿椅案，悉列缥瓷及古鼎彝玩，器甚洁净。又假楮帛饰金银山与土地仙佛形状，金迷纸醉，如入银世界中。晚放水灯，或送王爷船。诸执事人等役唯谨，无敢哗失礼者……其坛外则梨园歌唱，百戏镗□，缘橦者、弄猴者、吞刀吐火、喝雉呼卢者，各以技奏……

又如董天工《台海见闻录》记台湾民俗事象，常引诗句为之添色，诗、文俱佳，引人入胜。

从清代采风诗和风土笔记里，我们可以看到如下几个方面的情况：

其一，民俗和方言相伴相随。

“聊订竹枝当采风”[①] 和“聊将俚语当新诗”[②]，这是清代台湾采风诗创作的两大号召；而清代台湾风土笔记除了记录台湾民俗事象，也常有解释台湾方言词语的差事。作家们在理论上认定“竹枝杂道风土，虽方言里谚皆可入，则犹《国风》之遗也”[③]；在实践中则不仅“采风问俗，显微阐幽”[④]，“殷勤问土风”[⑤]，也留心于方言的分布、“官音”的普及和方言词语的音义：“音语止一方，他处不能辨”[⑥]，“声音略与后垅异”[⑦]；“试将蛮语问参军”[⑧]。

民俗和方言本来就有一层如影相随的密切关系。民俗学家顾颉刚曾经说：“以风俗解释方言，即以方言表现风俗，这是民俗学中新创的风格，我深信其必有伟大的发展。”[⑨] 顾颉刚肯定的是人类文化语言学（ethnolinguistics）的研究方向，也是民俗和方言之间的密切关系。台湾民俗和台湾方言共同介入台湾文学，主要是由这层关系约定的。

清代台湾采风诗作品里，孙湘南《裸人丛笑篇》等记台湾南岛语系群族（Taiwan Austronesian race groups）的民俗事象多种，又取南岛语系词语入诗。乾隆年间蒋士铨亦有《台湾赏番图》记台湾南岛语系群族的器用、狩猎、歌舞、服饰、饮食、文身、凿齿、穿耳、嫁娶、文字、礼数等情甚详，诗中并有“麻达（未娶之番）”“出草（猎曰出草）”“猫（未嫁番女）”“仙（已娶之番）”“达戈纹（番锦曰达戈

① 高拱乾：《东宁十咏》。
② 康作铭：《瑯峤竹枝词》。
③ 谢金銮：《〈台湾竹枝词〉序》。
④ 韦廷芳：《海音诗·韦序》。
⑤ 阮蔡文：《淡水纪行诗》。
⑥ 罗芬斗：《诸罗十一番社诗》。
⑦ 阮蔡文：《淡水纪行诗》“肩舆绝迹官音解”。
⑧ 钱大昕：《题李西华〈赏番图〉》。
⑨ 转引自朱介凡：《中国谣俗论丛》，台北：联经出版事业公司 1986 年版。

纹)”、“蟒甲(独木舟名)”等台湾少数民族词汇和“舍”(对世家子弟的尊称，语近“少爷”)、“禾间”(仓)等闽南方言词语。道光年间刘家谋在台所撰《观海集》和《海音诗》二书收有采写台湾民俗的作品近150首。这些作品记台湾历史文物、岁时年事、礼仪礼数、饮食服饰、佛寺道观、方言俚语，“引注详实，足资志乘”[①]。其中有的作品乃取台湾民谚点染而成，有的则取台湾俚语编派而成，如：

台牛澎女总劳躬，八罩何须羡妈宫。至竟好公谁嫁得，年年元夜学偷葱(澎地一切种植俱男女并力，然女更功于男。谚云：“澎湖女人台湾牛”，言劳苦过甚也；八罩、妈宫并澎湖地名。八罩人极贫，妈宫稍豪富。谚云：“命低嫁八罩，命好嫁妈宫”；元宵未字之女必偷人葱菜，谚云：“偷得葱，嫁好公，偷得菜，嫁好婿。”)

郎船可有风吹否，新妇啼时郎识无。怕郎不见遍身苦，劝郎且作回头乌(风吹否，鱼名；新妇啼，鱼名，状本鲜肥，熟则拳缩，意取新妇未谙，恐被姑责也；遍身苦，鱼名，身有花点；乌鱼每冬至前去大海散子，后引子归海港，曰回头乌)。

——《观海集·台海竹枝词》

《海音诗》里有二十余处采用同台湾民俗有关的台湾方言词语，例如：属于岁时气候用语的“尾压”(腊月二十六之节庆)、“秋成”(秋季收成之节庆)、“海吼”(海涛之声)；属于名物用语的“土豆”(花生)、“三杯”(台湾稻谷品种名)、“含蕊伞”(台湾妇女用品)等；属于称谓用语的“大家”(公公)、“尪”(丈夫)、“头家”(老板或富人)、“查亩子”(女子)、“后生”(男子)、“唐山客”(大陆人)、“香

① 连横：《台湾诗乘》。

脚”（香客）、“牵手”（夫妻对称）、“加令仔”（游民）等。

清代台湾风土笔记也常将记录民俗事象和解释方言词语编为同一道程序。

如丁绍仪《东瀛识略》记：

> 出海者，义取逐疫，古所谓傩。鸠赀造木舟，以五彩纸为瘟王像三座，延道士礼醮二日夜或三日夜。醮尽日，盛设牲醴演戏，名曰请王。既毕，舁瘟王像舟中，凡百食物、器用、财宝无不备，鼓吹仪仗，送船入水，顺流以去则喜。或泊于岸，其乡多厉，必更禳之。每醮费数百金，亦有闲一二年始举者。

又如朱景英《海东札记》记：

> 俗喜迎神赛会，如天后诞辰、中元普度，辄醵金境内，备极铺陈，导从列仗，华侈异常。又出金佣人家垂髫女子，装扮故事，舁游于市，谓之台阁。

类似的例子尚不胜枚举。

其二，殊相与共相相辅相成。

清代台湾采风诗和风土笔记莫不以记录台湾的奇风异俗为能事。台湾学者黄纯青指出：

> 我台山川之美丽，花木之奇异，气候之温和，闽粤民族之殊风，生熟番人之异俗，与中原不同。故满清时代，自中土来官台湾，都有感慨海外特殊之风土，发为竹枝词，如雍正中巡台御史夏之芳《台阳百咏》，其他散见于《社寮集》《赤嵌集》《台湾杂咏》，以及府县厅志

等，不遑枚举。[1]

游历台湾的作家如此，寓居台湾的作家亦如此。

然而，台湾的“奇风异俗”、台湾民俗文化的某些特殊性（殊相），是在同大陆民俗事象相比较、在大陆民俗文化的观照下显示出来的。作家们有意无意之间常将台湾民俗文化同大陆民俗文化联系起来。

例如，在台湾的妈祖信仰里，妈祖有“大天后宫妈祖”（俗称“台南妈”）、“朝天宫妈祖”（俗称“北港妈祖”）和“镇澜宫妈祖”（俗称“大甲妈”）等的分立，同一妈祖宫如朝天宫内又有“大妈”“二妈”“三妈”“副三妈”及“糖郊妈”“太平妈”等的分别。按照旧例，“北港妈祖”每三年一次向“台南妈”进香，“大甲妈”则一年一度向“北港妈祖”进香。王凯泰《台湾杂咏》将台湾妈祖信仰的这一殊相同福建妈祖信仰的情况联系起来，诗曰：“湄洲灵迹原无二，北港如何拜郡城。”

又如，刘家谋《海音诗》有句并注云：

> 张盖途行礼自持，文公巾帽意犹遗（妇女出行，以伞自遮，曰“含蕊伞”，即漳州“文公兜”遗意也）。

据徐宗干《垩庐杂记》（1845），“女人以帛如风帽蔽其额，曰文公兜”。刘家谋将台湾的“含蕊伞”同漳州的“文公兜”联系起来，颇有见识。

又如，台湾各书院必祀朱子，邓传安《蠡测汇抄》指出这一特殊现象其实是闽、台两地共有的现象：“书院必祀朱子，八闽之所同也”，

① 黄纯青：《谈“竹枝”》（1934）；转引自翁圣峰：《清代台湾竹枝词之研究》，淡江大学中国文学研究所，1992 年 12 月。

“闽中大儒以朱子为最，故书院无不崇奉，海外亦然”。

又如，台湾“中元普度”之盛和台湾“中元普度”的来由都受到注意。何澄《台阳杂咏》有句云“闽人信鬼世无俦，台郡巫风亦效尤”；吴子光《一肚皮集》记：“《东京梦华录》：中元节以竹竿斫成二，脚高三五尺，上织‘灯窝之状，谓之盂兰会……是会台地尤盛’”；丁绍仪《东瀛识略》记：“福州诸郡亦兴出海，船与各物皆纸糊为之，象形而已，即普度亦弗如台。”

又如，丁绍仪《东瀛识略》记：

> 南人尚鬼，台湾尤甚。病不信医而信巫。有非僧非道专事祈禳者曰客师，携一撮米往占曰米卦，书符行法而祷于神，鼓角喧天，竟夜而罢。病不即愈，信之弥笃。

这里将巫术同宗教区别开来，又将台湾的“米卦”同客家移民、同“客师”联系起来，循着这条思路，按照这种暗示，人们会发现中国古代巫术同台湾巫术的源流。[①]

其三，便利和限制相生相克。

就清代台湾竹枝词的创作而言，丰富多彩的台湾民俗题材以及竹枝词一体在描写风土人情方面的表现力，这是作者们能够得到的便利。然而，台湾的民俗题材毕竟有限，而竹枝词一体以七言四句的形式终究量浅。于是，从台湾民俗题材和竹枝词一体也恰恰产生出限制清代台湾竹枝词创作发展的消极因素来。当台湾的民俗事象在他人的作品里一一得到表现，后起的作者不能不感到取材有限的困难和不蹈他人窠臼的困难。举例言之，当 1852 年刘家谋作《海音诗》一百首，

① 《诗·小雅·小宛》：“握粟出卜”；《淮南子》：“医之用针石，巫之用糈藉，所救钧也”；《离骚》：“怀椒糈而要之。”这是中国古代有“米卦”流行的明确记载。

所作皆“足资志乘”。《海音诗》之后以“台湾竹枝词百首”为题的几种作品如丘逢甲《台湾竹枝词百首》[①]、黄逢昶《台湾竹枝词一百首》[②]所写多不出于《海音诗》。丘逢甲《台湾竹枝词百首》被推为“久播骚坛”之作[③]，但其中至少有八首与周莘仲（福州人，曾任彰化县教谕）所作《台阳竹枝词》相同或大致相同。[④]黄逢昶《台湾竹枝词百首》则多有生吞活剥他人诗句而露拙处，如将台湾“番民重女而轻男”之俗误为台湾汉民之俗，将当时已成“巨镇”的鹿港误为“熟番打猎之区”，等。连横批评黄逢昶《台湾竹枝词百首》“事多失实，盖以宦游之人，偶闻异事，喜而记之，遂以为奇”[⑤]，王松则以“翻撷未终，倦欲思睡”[⑥]谓其兴味索然。蔡碧吟《台阳竹枝词》之“宜晴宜雨三月三”“儿家风韵在槟榔”等名句其实是从郑大枢《台湾风物吟》、谢苹香《凤山竹枝词》里脱化而来的。竹枝词一体宜庄宜谐，宜于采写风物，但七言四句的简短形式也常使作者言不尽意，拳曲未伸。为了克服这一困难，清代台湾竹枝词的作者们常用随文附注之法[⑦]，笺阐意理，宣达衷曲。“随文用注”几乎成为清代台湾竹枝词创作的一种定例，“椟胜于珠”即注文多于本文的现象也成了一个常见现象，这种定例，这个常见现象从侧面反映出竹枝词本身的局限性。

竹枝词以外各体采风诗的创作和风土笔记的写作在一定程度上也受到民俗题材的限制。例如，有关台湾“番民”即台湾南岛语系群族

① 今仅见其40首。

② 今仅见其75首。

③ 连横:《台湾诗乘》。

④ 请参见拙著《台湾社会与文化》所收《丘逢甲史实三题》一文，福州：海峡文艺出版社1994年版。

⑤ 连横:《台湾诗乘》。

⑥ 王松:《台阳诗话》。

⑦ 清代台湾竹枝词的作者有时也采用“组诗”形式来克服竹枝词容量的限制，如施琼芳《盂兰盆会竹枝词》《北港进香词》，彭廷选《盂兰竹枝词》，陈维英《清明竹枝词》等。

的生活习俗，孙湘南《裸人丛笑篇》和蒋士铨《台湾赏番图》基本上已概其全，后起的“番社诗”“社寮杂诗”一类作品在题材上难于出新。风土笔记的写作也是如此，后期的作品如唐赞衮的《台阳见闻录》（1891）不过是咨访旧章、甄搜事类的作品，全无新的见闻可言。当然，有关台湾风俗的田野调查和取证查证的工作不够深入，也造成了采风诗和风土笔记取材的困难。例如，蒋士铨《台湾赏番图》误将窃花[①]（“窃花得詈诚可怜”）、磔犬[②]（“七夕磔犬长揖魁星前”）和拥盖[③]（“番女障面出拥盖”）等台湾汉俗误为台湾“番”俗，取证不实，却不见有后起的作者提出质疑。又如，关于台湾南岛语系群族的“凿齿”之俗，孙湘南《裸人丛笑篇》谓：“猺蛮凿齿丧其亲，尔蛮凿齿媾其婚”，阮蔡文《淡水纪行诗》记：“男女八九岁，牙前两齿划。”大陆少数民族仡佬、壮、傣等族的凿齿之俗主要同成年、婚姻有关，孙湘南所谓“凿齿丧其亲”不知何据，阮蔡文所记幼年凿齿亦不知其详，这也不见有后起的作者进行查考。

其四，兴盛和衰止相继相替。

从总体上来看，清代台湾采风诗和风土笔记的创作和写作，清代台湾文坛采风之风的发生和发扬，经历了一个兴、盛、衰、止的历史过程。

我在上文已经谈到，从清代康熙年开始，一批又一批大陆作家游历到了台湾。出于对台湾风物的好奇和关爱，也由于“入境问俗”“下车观风”一类古训的驱动和影响，大陆游台作家几乎都写有采风问俗的作品。清代乾隆年起，又有台湾本地作家先后响应，在他们的作品

① 请参见拙著《台湾社会与文化》所收《台湾竹枝词风物记》一文。

② 请参见拙著《台湾近代文学丛稿》所收《台湾竹枝词风物记（二十则）》一文，福州：海峡文艺出版社 1990 年版。

③ 请参见拙著《台湾近代文学丛稿》所收《台湾竹枝词风物记（二十则）》一文。

里采写台湾民俗。大陆游台作家和台湾本地作家相与勠力，台湾文坛采风之风兴焉盛焉，在咸、同迄于光绪初年（1851—1885）并且盛极一时。刘家谋《海音诗》（1851）显示了清代台湾采风之作创作的最佳状态和最高水准。

台湾建省（1885）以后，由于"诗钟"（"击钵吟"）一体的传入和盛行，台湾诗人的兴趣和台湾文坛的风气发生了转移[①]；也由于题材和体裁等方面的限制，台湾文坛采风之风从势头十足转为强弩之末。甲午、乙未（1894—1895）年间，更由于政治的变动和战争的发动，采风之风终于完全歇止。

二

日据前期（1895—1920），王石鹏、吴德功、徐莘田、林痴仙、梁启超、连横等作家仍在采风问俗、创作竹枝词方面进行尝试，他们各有《台湾三字经》（王石鹏）、《台湾竹枝词》（吴德功）、《基隆竹枝词》（徐莘田）、《台中竹枝词》（林痴仙）、《台湾竹枝词》（梁启超）和《台南竹枝词》（连横）问世。这些作品有的已印染有日据时期的某些色彩，如连横《台南竹枝词》之"散步闲吟万叶歌，翩翩裙履任婆娑"句描述了和歌、和服行于台南街头的情形。王石鹏的《台湾三字经》采有关台湾的"诸家之杂说及从东文译处，编成韵语，仿宋王伯厚先生所著之《三字经》体，因颜曰《台湾三字经》，首序位置、名称、治乱、沿革，继叙番部种族、山川、物产及经济上之事业，莫

① 请参见拙著《台湾近代文学丛稿》所收《击钵吟：演变的历史和历史的功过》一文。

不略举其端。虽曰地理，而历史寓焉”[①]。是书对于普及乡土知识、宣传爱乡思想有积极的作用，但书中也流露出明显的媚日倾向。徐莘田的《基隆竹枝词》则是在日人主持的玉山吟社的活动中创作的。这两部作品都有迎合投送的用意。

应该指出，日据当局和侵台日吏中的汉文学家、民俗学者出于政治上的需要和学术上的兴趣，对台湾民俗和台湾方言的田野调查、记录著述工作颇为重视，一批台湾学者亦与有力焉。日人的重视、台湾学者的用力加上台湾作家的尝试，采风之风在日据前期的台湾文坛上竟然未得重振。在我看来，其主要原因乃在于：日据前期台湾文坛的复苏是以“击钵吟”为契机，以“击钵吟”创作的重新普及和结社联吟风气的重新传布为标志的[②]，而采风问俗的文学作品在题材和体裁上的局限性仍然未得克服。在“击钵吟”的强势风气下，文学上的采风之风因而不成气候。

1920年以后，情况发生了变化。

首先，“击钵吟”创作中的游戏之风和媚日倾向使得“击钵吟”的创作逐渐堕入末路，台湾新文学的倡导者又适时加以攻击[③]。“击钵吟”不再是台湾文坛的主要创作风气。

其二，大陆“五四”新文化运动和文学革命影响所及，台湾作家开始用小说来表现台湾民俗和台湾方言。较之清代台湾采风诗和台湾风土笔记来，日据后期的台湾小说在题材和体裁上的优胜和优越之处乃在于：民俗事象在作品里不仅是客观记录的对象，而且是作者借以表达主观情志、发挥主观想象的对象；作为小说里的细节或情节，某

① 王石鹏：《台湾三字经·自序》。

② 请参见拙著《台湾近代文学丛稿》所收《击钵吟：演变的历史和历史的功过》一文。

③ 请参见拙著《台湾近代文学丛稿》所收《击钵吟：演变的历史和历史的功过》一文。

些民俗事象并且被赋予新的内涵和新的意义。

其三，在日据当局“同化主义”和“奴化主义”政策的重压之下，坚守传统的民俗习惯和语言习惯已成为台湾人抵制同化和奴化的主要斗争方式，已成为台湾人民最为看重的生活方式。由于“官话”（后来称“国语”或“普通话”）在当时的台湾普及率很低，台湾人民主要用台湾方言来抵制日据当局强制推行日语教学，将汉语列为各类学校的废止科目或选修科目的同化主义政策[①]。传统的民俗习惯和语言习惯也为台湾作家所看重，这自然是顺理成章的。

日据后期（1920—1945），台湾习俗、台湾方言广泛介入台湾文学的现象再次成为台湾文坛上一个人所共见的现象。一部《光复前台湾文学全集》（1920—1945）[②]简直就是一部“台湾民俗志”和“台湾方言语汇”的合订本。

这里举几个实例来说明。

其一，洗骨葬（又称“二次葬”“多次葬”“金斗葬”“瓮葬”等）是曾在闽、台等地盛行的丧葬习俗，陈盛韶《问俗录》（1833）卷六《诏安县》和黄逢昶《台湾竹枝词》（1885）均有记载。

日据后期吕赫若著的小说《风水》（1942）围绕洗骨葬这一民俗事象，编派出生动的细节和情节来显示孝悌同不孝不悌的强烈反差。小说里的周长乾老人因亡父托梦深感“父亲去世已十五年，到现在还无法替他洗骨，实在是天大的不孝”，他为此“挂心”“痛心”“悲伤”，“日夜呻吟，已有好几天，三餐不进了”。原来，按照风水师所谓“令尊的风水很特别，这地相对大房不好，却庇荫二房会荣华富贵”，周长乾的胞弟周长坤坚决反对为亡父洗骨迁葬。为了满足父亲的心愿，

① 请参见吕良弼、汪毅夫：《台湾文化概观》第 133—137 页，福州：福建教育出版社 1993 年版。

② 钟肇政、叶石涛主编，台北：远景出版社 1979 年版。

周长乾的儿子们假称已征得叔父周长坤的同意，带人上山洗骨迁葬。周长坤闻讯上山阻挠，并到周长乾家中大打出手。周长乾以兄弟亲情为重，默默忍受了弟弟的鞭打。其后，周长坤家遭“凶厄”，“他就一次带了三个风水师回来检视风水。慎重检视的结果，都认为父亲的风水没有变异，凶厄的原因是在母亲的风水”。周长坤决定背着哥哥为亡母洗骨迁葬。这回是周长乾闻讯赶来阻止，“他骇怕的是，只埋葬五年弟弟就要掘墓洗骨，未免太轻率了。普通一般的情形是要八年以上，因母亲的风水是在干燥的高地，不可能已完全化骨。把保有原形的母亲的遗骸曝露在白日下，是天大的不孝”。弟弟不顾阻止，掘墓开棺。在小说临末处，作者写道：

……小时，他也曾陪着父亲去替祖父洗骨。家人对洗骨的关心是非同小可的，一行在日出之前就要出门。女人和小孩，只要可以去的，都要参加。在开掘的时候，大家都要跪在墓庭行礼。周长坤也应该参加过。但现在又怎样的情形呢？一想到今天，老人就不禁咬牙切齿。那里还有敬祖尊宗的意念？如说是道德、社教的沦丧，未免太不容易了，弟弟也不可能不知道的吧。总括一句，就是贪和欲。为了满足眼前的私利欲望，而牺牲了祖先。周长乾老人一想到现在的人卑鄙无耻，不禁泪水又夺眶而出，只好任凭孙子搀扶，步履蹒跚地下了山来。

小说设置的亡父坟墓的风水有利于二房而不利于大房，而亡母坟墓的风水却不利于二房的矛盾，所表达的对传统道德的依恋，对日据当局扼制和扼杀中华传统文化之罪责的谴责，令人耳目一新，心折首肯！

其二，吴浊流的《陈大人》（1944）有这样一个细节：

神桌上排着很多古董，江西花瓶、吕洞宾、铁拐仙、何仙姑、玉石观音、象牙大图章、古砚等，样样都是代表大户人家的排场。

神桌、祭坛上罗陈古董，这是闽、台两地特有的民俗事象[①]。其用意乃在于敬神礼佛、用人的文明镇服鬼的野蛮及“代表大户人家的排场”。《陈大人》采写这一民俗事象，并通过古董引起的风波来表现日据时代宵小当道、斯文扫地的社会状况。

其三，匡人也的《王爷猪》(1936)详记“HPT 地方”举办“王爷祭”的种种情况：各庄轮值、各户摊派的规矩，祭坛、楹联、香座、香炉、神像的陈设，三献礼、跪拜、祈求、掷珓、许愿、还愿的仪式，炉主、头家、信民各种人物的心态和神态，更有日人对台湾民俗活动的管制和扼制、干预和干扰的情节贯穿始末。

在“奉请王爷公的期日”临近时，日本警察 S 大人宣布说：“再无几日，这地方要请王爷了，王爷猪不知有几许？你们所有要刣的猪羊，保正要预先调查详细来报告，知影吗？际此经济大国难，若是可以俭起来的要俭，可省着要省，猪减刣些，金纸减烧些，将这没有意义的费用节省起来，来国防献金，你们的名声，你敢知？一时能够惊动全台，我很希望有这款的人出现！”又说：“我却也不是绝对叫你们，不可敬王爷啦，猪羊者是不得不着刣者，偷刣是绝对不可！本官当日要到各口灶去搜呵！那被我搜着是要罚金……”“王爷祭”举行的当日，S 大人突然带人“由庄头起开始大搜查……一入灶脚，将钩子向鼎里钩来钩去，如有发现猪毛或羊毛，就是偷刣的被疑者了，早上欢天喜地的善男信女，现在呼天喊地了，除起在坛口跪求着王爷的弟子而外，个个都是惊慌失措！”为求得“合境平安”而举行的“王

① 请参见拙著《台湾社会与文化》所收《台湾竹枝词风物记》一文。

爷祭”，终于被日人的“国防献金”和漏税“罚金”搅得合境不安，作者采写民俗活动的深刻用意完全得到实现和表现。

其四，赖和的《一杆“秤仔”》(1926)以传统的年俗为背景，展示从“尾牙”“除夕”“围炉”“开正”到“元旦”所发生的“一幕悲剧”。

台湾民间有“做牙”之俗，每月初二、十六，略备酒菜供奉神明亦一饱自家口福，这就叫“做牙”(与中国北方的“打牙祭”语近而义同)。腊月十六日的“做牙”乃是一年中的最后一次，所以叫“尾牙”。尾牙标示着新年将届，人们开始忙年(台湾方言称“做年”)。

在《一杆“秤仔”》里，得参大病初愈，“一直到年末。得参自己，才能做些轻的工作，看看‘尾衙’(方言)到了，尚找不到相应的工作，若一至新春，万事停办了，更没有做工的机会，所以须积蓄些新春半个月的食粮，得参的心里，因此就分外烦恼而恐慌了”。借了亲戚的一枚首饰当得“几块钱”，又从邻家借了“一杆秤仔”，得参开始上街卖菜，几天的所得，换了过年用的米、糖、门联、佛像、香烛、金银纸和花布。临近除夕，遇上敲诈勒索的巡警，被打折了秤仔。除夕日，得参被带到衙门，判了“三天监禁”。经妻子缴纳罚金，获释回到家中。“围炉”(即“吃年夜饭”)之后，得参已抱着“最后的觉悟”，他上街杀了“夜巡的警吏”，然后自杀了。这一切发生在“开正”前后。在作者的笔下，传统的年俗因“烦恼”“恐惶”“羞辱”“愤恨”而沉重不堪，这正是日据时代台湾社会的一个缩影！

日据时代的台湾小说采用大量的台湾方言词语，有的作者甚至抱了用方言来写小说的态度；用日文写作的作者也有意采用台湾方言，他们的日文作品译为中文后，也是方言词语迭出。

方言词语增添了小说的乡土色彩，这是一个显见的事实。另一个事实是，某些方言词语所包含的民俗义项增强了小说的表现力。

这里也举几个实例来说明。

其一，村老的《断水之后》(1931)里有一句骂人的话“干恁开基外租”。什么叫“开基外租”呢？在历史上，台湾是一个移民社会。移民的艰难和单身移民的比例使得招赘婚成了台湾移民社会里常见的婚姻形式。招赘婚在台湾可分为招入婚(随妻居)和招入娶出婚(婚后一段时间，赘夫携妻返回本家居住)。招赘婚的子女或随父姓，或随母姓，或按约定比例随父姓和随母姓(台湾俗称“抽猪母税”)。“例如曾女招陈某为赘夫，生下儿子二人，一姓曾，一姓陈，在未分家前，厅堂上同时供奉曾陈二家之祖先牌位，曾氏牌位在右，表示是主系祖先，陈氏牌位在左，表示是外系祖先；但是当父母过世后，两兄弟分家，他们随即把祖先牌位分别‘填写’一份迁出，各自供奉于自己的厅堂上，不同之处，只是在曾姓家牌位排列如原来厅堂的位置，陈姓兄弟家牌位，则位置互换，陈氏牌位为主放置右侧，曾氏牌位为副改置左侧”[①],“外系祖先”即所谓“外祖”。“干恁开基外租”在台湾是一句流行的粗话，除了“操你祖宗”的意思外，还有用“招赘婚”来辱没、贬低他人的用心。

其二，一吼的《旋风》(1936)描写一群饥饿的儿童时用了“抢孤”一词：

抢孤也似的一群褴褛的儿童，堆着满脸可怜相，尖锐的眼光突然发现一条番薯根，就不顾利害的抢前去摘取。

“抢孤”是台湾特有的民俗活动，也是台湾的方言俚语。吴子光《一肚皮集》有关于“抢孤”的描述和解释，略谓：

① 李亦园:《文化的图像》(上册)第252—253页，台北:允晨文化实业股份有限公司1992年版。

（中元）夜漏三鼓，焚冥帛送神。将彻，恶少年三五成群，奋臂夺神馂以去，稍拂之，则努目视人，无敢撄其锋者，谓之抢孤。

《旋风》采用“抢孤”一词，很好地表现了群童的饥、慌。

其三，“舍”是台湾方言（闽台方言）特有的敬称词。在台湾方言里，“舍”是对富家、世家子弟的称谓。日据时期许多小说使用了“舍”这一称谓，如赖和《斗闹热》（1926）里的“醉舍”和《善讼人的故事》（1934）里的“志舍”，剑涛《阿牛的苦难》里的“猪哥舍”，吕赫若《财子寿》（1942）里的“海文舍”“九舍娘”和《合家平安》（1943）里的“范老舍”等，笔力省简地表明小说人物的身份（富家、世家子弟或破落户子弟）和对小说人物的感情认指（敬畏、憎恨、嘲弄等）。

《光复前台湾文学全集》所收台湾小说对于日据当局“同化主义”和“奴化主义”政策是一项集体的抗议。日据后期的台湾小说真实地表达和表现出日据时期台湾人民坚守传统的民俗习惯、语言习惯的情志和情形。

三

台湾光复后的15年间（1945—1960），台湾文坛的采风之风持续保持颓势。日据时期众多的台湾作家对于采写台湾民俗、台湾方言的共同兴趣几乎完全消失。从作家的动态看，当时的台湾文坛有一个值得注意的现象:《光复前台湾文学全集》里的小说作者有相当一部分停止了写作；光复以后，尤其是1949年到台湾的作家里也很少有人表现出“下车观风”“入境问俗”的雅兴，以“军中作家”为例，这批写作力旺盛的作家到台以后即热衷于“战斗文学”和“反共文学”的写作，随后所倾心的“乡愁”文学也不关台湾乡土；“战后台湾第一代作家”中的钟肇政等及“战后台湾第二代作家”杨青矗、王祯和等是在1960年以后才活跃在台湾文坛，担负起重振采风之风的使命的。造成这一现象的主要原因有两项：

其一，政治的干预。叶石涛描述当时的情况说：

文学只是执法者统治下的工具。作家必须依附权力机构才能苟延残喘，同执政者的既得利益背道而驰的一切文学活动或歧异思想是执政者用尽手段要予以扑灭的对象。从“二·二八”到白色恐怖的五十年代，老一辈的台湾作家，不但碰到语言障碍的铜墙铁壁，而且还面临了更无奈的吃饭问题。[①]

文学极端政治化的强制实施，对作家人身自由和创作自由的扼制和扼杀，实际上取消了文学同民俗、方言密切结合的关系：在“战斗文学”“反共文学”高倡和普及的情况下，作家们难得有采风问俗的余力和余地，采风问俗的文学作品亦难得有寻隙而起的时间和空间。

其二，语言的障碍。日据时期用日文写作的台湾作家在转为用中文写作之前有学习“国语”（普通话）的任务（杨逵在《我的小先生》一文里就追述了他在光复初期向七岁的小女儿学习“国语”的情形），新进的台湾籍作家（所谓“战后第一代台湾作家”）也有许多人须得克服语言上的障碍。钟肇政回忆说：

我满二十岁那年，战争结束，台湾光复，从此积极做放弃读惯写

① 叶石涛：《台湾文学的悲情》，第15页，台湾：派色文化出版社1991年版。

惯讲惯的日文的准备，并和大家一样，疯狂地投入中文的学习，其中经过，今日五十几六十岁以上的人，多半耳熟能详且曾身历其境，也就不必细表。

进入1960年代，以笔者自身经验而言，从“人之初，性本善”，而ㄅㄆㄇㄈ等等，辛勤学习，已过五六年岁月，自觉略有心得，便渐渐萌生了用中文来表达的意念，尤其笔者志在文学创作，用中文写作便也成为颇为热切的期望。起始，用日文思考、起草，然后自译为中文；继而，思考仍用日文，日文句子既成形，即在脑中译为中文，免去写下日文草稿的手续。这也是像我这种今日在台湾文学史上习称为“战后第一代台湾作家”所共通的学习经过，亦早已是周知的事迹，而在这中间，笔者有一感触，简言之，即：写作在我是一项“翻译”的工作[①]。

钟肇政的父亲是客家人，母亲却是福佬人（闽南人），亲戚里福、客参半，所以钟肇政在入学前仅使用福佬语（闽南话）和客语（客家话）；七岁时入公学校（日据时期专为台湾学生设立的学校，为日据当局推行“差别教育”的产物[②]）后，“即被迫学习日语”，“到了进中学时校内日常所用语言已全部是日语，迨至中学时代，读写不用说，连思考也全是日文”。“写作即翻译”一语很好地说明了语言障碍的问题。

经过作家们的抵制和努力，进入60年代以后政治对文学的干预略有收敛，语言障碍亦渐次消除，加上台湾经济发展对台湾社会生活的影响，台湾文坛的采风之风乃重得传布，迄今不衰。

60年代以来采风问俗的文学作品略可分为两类。一类继续描述日据时期台湾人民坚守传统的民俗习惯和语言习惯的情志和情形，这

① 钟肇政:《创作即翻译》，载《联合报》1991年8月20日。

② 吕良弼、汪毅夫:《台湾文化概观》，第134页。

是对日据时期台湾小说的追求和发展；另一类则描述台湾现实社会里广泛而频繁的民俗活动。

60年代以来众多的台湾作家对民俗活动的看重乃是基于这一项共识：传统的民俗活动（小传统）至少也与儒家（大传统）一样重要。台湾作家奚淞指出：中华文化传统既包含着“大传统”（数千年的正统经书教育），也包含着“小传统”（民俗教育）。“以小传统教育而言，透过四时节令风俗、口耳相传的故事、宗教信仰模式、地方戏曲、民俗艺术甚至包括语言本身，都使历史、人伦教育无孔不入地渗透民间直至底层。这份教育使最荒僻所在，目不识丁的文盲，也沾濡一分文化芬芳，具备中国人特有的气质和风度”，这也是“中国历经外族入侵，而毕竟文化道统不断，形成人类史中以单一文字语言维续的最悠久文化”的重要因素[①]。这一观点在台湾曾得文化人类学家李亦园的论述在学术界有“李氏假设”之名[②]。

肖郎的《上白礁》里有台湾民间土地公崇拜、有应公崇拜（孤魂野鬼崇拜）的细节：

伊到了那间破瓦残垣的土地公庙前，伊看着慈祥和蔼展露笑容的土地公头顶上的壁画，二条龙相向吐珠飞腾在缭绕云朵的上面。伊浏览陪伴在土地公身旁的那尊土地婆就觉得好笑，祥仔、贵仔、阿根三个扛轿的说土地公没有老婆一定很寂寞，三人在前些日子就出钱造了那尊土地婆奉祀。啼祥还说土地婆是轿夫的主母，是轿夫的职业神。记得那天竹林讲古时说，土地婆是不坐轿不出门的，土地婆又怕人人有了钱，无人再替伊扛轿，所以对土地公所倡的皆富均富论就大唱反

① 奚淞：《江山共老》。

② 李亦园：《文化的图像》（下册）第133页，台北：允晨文化实业股份有限公司1992年版。

调。水藤仔忆起的话就又想起：

——难怪田头田尾都是土地公，就是少个土地婆。

——难怪竹篙厝的人不喜欢奉祀这个鸡肠鸟肚的女人。

月光如水银泻了满地。家家户户门口埕上的竹竿吊着的灯笼，闪闪烁烁的照得满天红，招魂的铜铃到处叮当响起。

——孤魂亡鬼，结伴而来，你们饫（饿）得太久了。

——孤魂亡鬼，来飨呀！残羹烹制的美味。

通过这些细节表现了台湾人民要求均贫富的善良愿望和顾恤及于孤魂野鬼的善良风俗。小说更通过大道公祭典的情节展示了台湾人民眷念祖地祖庙的情怀、反抗日本侵略者的大无畏精神以及日据当局对台湾民间传统民俗活动的压制、对台湾人民武装反抗的镇压。

钟肇政的《中元的构图》等也有意反映日据时期台湾人民对传统民俗活动的置重。如《中元的构图》写道：

二十八年前，那些愚昧而睿智的民族的小民们为了举行最后一次放水灯不惜大大地花费了一笔……他们并不光是为了争一口气，主要还是因为官方已放出空气，明年起为了遂行圣战，一亿皇民都要总崛起，这样的大拜拜不宜再举办了，而且还说是迷信，是大日本帝国臣民所不应该有的现象，于是他们就不得不来个灯牌比赛了。果然没错，次年起中元祭典就停办了，而且一停就是七年，直到那些禁住他们的狗仔们统统滚回日本去了，才又恢复过来。

钟肇政的《台湾人三部曲》也强调民俗活动“最重要的是拜天公，祭告祖先”。

60年代以来采风问俗的文学作品更多的是在表现台湾社会生活里因了经济的发展而发展的随处可见、随在有闻的民俗活动，并表现作者对于这一现象的褒、贬、喜、忧。杨青矗的《死之经验》写了台湾现代社会里发生的“冥婚”的怪事：

结婚时，先去娶珍琴的神主，和她那一尊纸糊的新娘，再娶素绫来，三个“人”一起拜堂。重婚！重婚！报纸上报导的娶鬼妻是多么荒谬，而自己在道义上却不能不娶一尊柴头仔！

素绫虽然不高兴，前辈交代的，也一一照做，订婚前就明讲的：死者为大，要尊她为姊，当新娘时做什么都要先叫她一声。

“珍琴姊，进房！”白纱曳地的素绫羞涩地叫，宛若珍琴的幽灵随在她后面。

“珍琴姊，睡觉啦！”这一声使人有割裂的感觉，蒙住被偷偷擦泪，洞房整夜空度。

“珍琴姊，起床啦！”第二天先上珍琴家归宁省亲，第三天才归自己家的宁。

他的《官煞混杂》则近于烦琐地写“批八字”的详细过程和台湾现代社会里依照“八字”来“合婚”的常见事例。作者谴责和讽刺了“冥婚”和“合婚”之怪现状。

王祯和、王拓乃至王湘琦、蔡秀女、张大春等众多台湾作家的小说也有关于台湾民俗事象的描写。

有的作家并且用诗和散文来表现台湾的民俗活动。诗如羊子的《元宵》《三日节》和《五月节》。其《三月节》诗曰：

三月初三才吃春卷 / 不知为何不在清明？我问吾乡父老 / 原来错

就错在那次泉州械斗 / 自从福建过台湾 / 这个风俗依旧

同样是扫墓 / 一样是吃春卷 / 械斗之后，赢的前，输的在后 / 从此祖籍泉州漳州泾渭分明 / 现在我们吃春卷总是较后 / 是不是恩怨依旧？

散文则有方瑜的《过年，在乡间》、阿盛的《稻草流年》、《乞食寮旧事》和《契父上帝爷》、刘还月的《瘟神传奇》等多种佳作。

60 年代来采风问俗的文学作品也采用了大量台湾方言词语。这里有几个问题引起了我的思考。

其一，文学作品里方言词语的记录问题。李昂的《暗夜》有“看过几次后小黄承德说给阿妈听，因为竹床的叽叽喳喳的响十分有趣，没想到阿妈拿着扫把打阿母”之语（日据时期杨朝枝的小说《有一天》里也有“是你的阿母吗？”“不是，是我的阿妈”等语），在闽南方言里，“阿妈”不同于“阿母”，“阿妈”指的是祖母，“阿母”指的是母亲，这是很明确的。但是，闽南方言区以外的读者却要感到为难：“妈妈”打“母亲”（或者“妈妈”不是“母亲”）究竟是什么回事呢？汪笨湖的《草地状元》里则有“伊娶来的兄弟”的话，这又是什么意思呢？原来，在闽南方言里，带来和娶来是完全同音的，“伊娶来的兄弟”即“他带来的兄弟”之意。

日据时期台湾著名学者连横认为“台湾之语，无一语无字，则无一字无来历”，他反对在记录台湾方言词语时“随便乱书”（即随意使用同音替代字）而主张“整理乡土语言”（即就台湾方言词语一一稽考以知其“出处”或“来历”）[①]。杨青矗的小说所用方言词语多有“出处”，如“屦脬”《字汇》：屦，良慎切，音吝，闽人谓阴也）、“猗人

① 连横：《雅言》。

病院”（狷，《广韵》：相邀切。《集韵》：思邀切，音宵。《玉篇》：狷，狂病），等等，表现出审慎认真的态度。然而，也有人对此提出异议：

（杨青矗小说里的）方言字句，有些一看就懂，有些就是连会闽南语的台湾人也看不懂。那么，以闽南语写成的方言文学，而懂闽南语的台湾人却看不懂，必须借字典，而且这些字并非一般字典可以查到，甚至《辞海》都没法查出。因此这些方言字句形成了解作品的最大障碍。

他主张：

方言的使用，要在不过于艰涩、不全篇滥用、不自制怪字的原则下，去选择运用。以最浅显并为大多数人皆懂的方言，化入作品之中，如此方言变成不是作品中的障碍，而是文学语言的新生命、新血液，因为它能增加文学的“真”，并且强化语言的鲜活性。[①]

这是一项兼具合理性和可行性的意见。

钟肇政近年的经验也可供借鉴：

笔者近作长篇小说《怒涛》刻在连载之中，文中时代背景因系战后初期，故而为了“求真”，除了行文仍沿用习常用的国语系统文章外，其中对白亦悉数存真，说日语者以日语出之，福语客语亦以原音下笔，每句道白并附加翻译。

① 黄武忠：《小说的方言使用》。引自《盐分地带文学选》第 537 页、第 543 页，台北：林白出版社有限公司 1979 年版。

其二，文学作品使用方言的利弊问题。王祯和在《永恒的寻求》（《人生歌王·代序》）一文中说：

……民间语言的生动活泼，民间语言想象力的丰富，组合力的精妙，大大令我惊奇感动……也从那时起，我大量地运用方言，想把这快失去的珍宝，保留一点下来。

王祯和获得了成功，方言词语的使用为他的作品增色不少。然而，文学作品使用方言总是利弊相生的。连横早已明确断言："以台湾语而为小说，台湾人谅亦能知，但恐行之不远耳，"[①]"舍""开基外祖""抢孤"一类方言词语所包含的民俗义项不经阐释，一般读者是无法了解的，采用"随文附注"之法虽可克服这一弊端，但读者欣赏文本的兴致往往被阅读注文的无奈排遣一空。看来，方言词语虽好不宜多，这是作者和读者之间应该达成的共识。

此外，我觉得还有两个问题应当引起关注。

其一，常见于台湾现代社会生活和台湾文学作品的某些热闹而有趣的民俗实际上属于陋俗（如"王爷祭"表现了可鄙的嫁祸于人的意念），这些陋俗近年来颇有蔓延、滋长之势，作家应当将自己的作品当作试管，从试管里观察描述，却不使蔓延、滋长。

其二，某些采风问俗的文学作品具有媚俗倾向，如专择粗俗的方言词语敷衍成诗（所谓"台语诗"，有的味同日据时代的《乌猫乌狗歌》、详记迷信活动的细节以迎合信民信徒的需要等）。这种媚俗倾向发展至极，将是台湾文坛的采风之风再次堕入末路的原因之一。

① 连横：《雅言》。

中日文化地位的逆转与日本汉文学在台湾的延伸

汪向荣教授在《中日文化地位的逆转》一文里描述了中日文化地位在近代史上发生的逆转，略谓：

向来被中国人目为蕞尔小邦的日本，竟远远的走在中国面前，一举而战胜了老大帝国，再举而击败当时夸称世界列强之一的沙俄。这时候才使保守、顽固的中国统治者大吃一惊。中国，尽管有优秀的文化传统，地大物博等的自然条件，但在近代文化面前，这些特惠起不了大作用，日本反而走在中国前面，使中国在近代化过程中，不得不转向日本来学习、吸收了。①

这是一个不争的历史事实。

在我看来，文化地位的提升并不等于文化品质或文化水准的提升。中日文化地位在1984年以后发生的逆转，究其主要原因，并不是日本的文化品质或文化水准提升了的缘故，而是强权政治的势力使然。

日本学者绪方惟精在《日本汉文学史》（1961）一书里写道：

……甲午一役，日本战胜了老大国清朝，丧失了过去长时期间对中国文化所抱的尊敬之念，日本的汉文学便陡告衰退。②

日本的汉文学，从汉文传入、汉学（其中包括汉文学）兴起到“甲午一役”发生的1894年，已有1600余年的历史，但它却因“甲午一役”而“陡告衰退”。日本的汉文学家和汉文学爱好者中的许多人，因日本强权政治的得势而开始用居高临下的眼光来看待中国的文

① 汪向荣：《日本教习》，北京：三联书店1988年版，第28—29页。

② 绪方维精：《日本汉文学史》，台北：正中书局译本1969年版，第213页。

学乃至中国的文化，然而，这并不意味着日本汉文学品质或水准的提升。恰恰相反，日本汉文学在日本本土呈现“衰退”之势，其向台湾延伸的部分则从另一面说明和证明：受日本强权政治的势力裹挟的日本汉文学，也终于不敌中国文学乃至中国文化的魅力。

一

日据时期，侵台日吏中的日本汉文学家和汉文学爱好者森鸥外、横川唐阳、森槐南、水野大陆、土香居国、矶贝蜃城、村上淡堂、馆森袖海、纫山衣洲、中村樱溪、加藤雪窗、樱井儿山、山口东轩、小泉盗泉、白井如海、伊藤天民、泽谷星桥、中濑温岳、汤目北水、草场金台、宫崎来城、尾崎白水、高木如石、矶田松雨、尾崎古村、木下大东、猪口安喜、小泉政以、赤松偕一郎、高木保吉、白井新太郎、吉川由鹤、村上先、西口敬之、吉田平吾、小松吉久、大西笠峰等百数十人先后到台。历任侵台日吏首脑（“台湾总督府总督”）中也有乃木希典、儿玉源太郎、田健次郎、内田嘉吉、上山满之进等人爱好汉文学。

日人在台湾的汉文学活动包括个人创作和集体活动。

从个人创作来说，成就最高、声名最著者当推馆森袖海、纫山衣洲、中村樱溪、土香居国、加藤雪窗诸人。

馆森袖海系日本仙台人，1895 年至 1917 年居留台湾。著作有《拙存园丛稿》，收诗及序、记、论说、志传、题跋、书赞、碑铭各体文。尝试各种文体的写作，是馆森袖海个人写作的一个特点。馆森袖海的诗有清新可读之作，如《平顶彩霞》诗云：

万家红树带江流，断雨斜阳一片秋。平顶云晴山似染，落霞孤鹜水明楼。

亦有平淡无奇、不足称道之作如《观池大雅画山水图》等。

籾山衣洲，又名逸也。1898 年至 1904 年居留台湾，曾任《台湾日日新报》社汉文主笔，并曾参与台湾总督儿玉源太郎主持的“南菜园唱和”“扬文会”等活动的事务。籾山衣洲同台湾诗人过从甚密，多次参加台湾诗人的集体创作活动。王松《台阳诗话》记：

籾山衣洲（逸也），东京人也。性耽诗洒，为日本有名之汉学家。来台，督府延为上客，嘱主报政。有《鬓丝忏话》一卷行世。

籾山衣洲的诗作，在当时曾受王松等台湾诗人的好评。

中村樱溪，东京人。1897 年到台，任职于“台湾总督府国语学校”。著作有《涉涛集》《涉涛续集》。中村樱溪在台期间积极参加各种文学活动，其《答客问》《玉山吟社会宴记》、《上儿玉总督乞留籾山逸也书》等文体现了中村樱溪的创作水准，又记录了文人文坛的若干情况，历来受到文学史家的注意。

土香居国，又名香国花史。1895 年到台，任“台湾总督府陆军局邮便局局长”。著有《征台集》，其自序云“虽无剑影炮火之壮烈，亦可以见晴日雨夜之甘辛”。王松《台阳诗话》记：

土居香国（通豫）有才干，历掌邮务，敏以处事，好吟咏，所到有诗。在台曾设玉山吟社，骚人墨客，乐与之交。

加藤雪窗，又名重任，日本常州人。1895 年到台，1904 年病殁于台北。在台期间，曾发起组织玉山吟社。著作有《雪窗遗稿》，收有汉诗五百首。其《重阳与桃园诸绅士赋》诗云：

冷雨荒烟滞异乡，一年佳节又重阳。白头未作归田计，孤负东篱晚节香。

其《竹林啼莺》诗云：

春寒料峭透帘帷，烟竹深深欲晓迟。残月半窗人未起，带将宿梦听黄鹂。

加藤雪窗的汉诗已具有一定的表现力和感染力。

日本汉文学家和汉文学爱好者在台湾的集体活动主要有结社和联吟两项。

据台湾学者郭水潭《日侨与汉诗》① 一文报告，日人在台湾组织的诗社有玉山吟社、淡社、穆如吟社和南雅社。

玉山吟社创立于 1897 年，加藤雪窗、水野大陆、土香居国、伊藤天民、白井如海、矶贝蜃城、村上淡台、冈木韦庵、石川柳城、木下大东、馆森袖海、中村樱溪及部分台湾诗人先后入社为社友。

玉山诗社成立后，馆森袖海、小泉盗泉曾与部分台湾诗人组织淡社。

其后，又有纫山衣洲、儿玉源太郎、后藤栖霞、馆森袖海、内藤湖南、铃木钓轩、中村樱溪、小泉盗泉等结穆如吟社。该社有作品总集《穆如吟社集》刊行。

① 《台北文物》第四卷第四期，1956 年 2 月。

南雅社成立于1931年，四年后宣告解散。成员有久保天随、尾崎古邨、西川萱南、山口东轩、猪口凤庵、大西笠峰、小松天籁、三屋清荫等及台湾诗人魏润庵。该社每年出作品总集一卷，共出四卷。

日人在台湾的联吟活动，除各诗社的集体创作外，还曾举行“诗吟大会”，如第四任“台湾总督”儿玉源太郎曾发起“南菜园唱和”、第八任“台湾总督”田健次郎曾发起“大雅唱和”、第九任“台湾总督”内田嘉吉曾发起“新年言志唱和”及“台湾诗社大会”、第十一任“台湾总督”上山满之进曾发起“东阁唱和”、“民政长官”后藤新平曾发起“乌松阁唱和”、“台北知事”井上淡堂曾发起“江频轩唱和”等。历次“诗吟大会”各有《南菜园唱和集》《大雅唱和集》《新年言志》《东阁唱和集》《乌松阁唱和集》和《江频轩唱和集》等作品总集刊行。

部分日本汉文学家和汉文学爱好者并且经常参加台湾诗人发起的集体创作活动。

二

我在上文描述了日本汉文学在台湾延伸的大致情况。现在来谈论若干相关的问题。

其一，日本汉文学在台湾的延伸乃出于强权政治势力的裹挟，在其初始阶段并且受到台湾日据当局文化笼络政策的鼓励。

我们应该注意到，日人在台湾的汉文学活动往往有意吸引台湾诗人参加：日人发起的各诗社和各项集体活动，几乎都有台湾诗人与焉。这一情况反映了日人汉文学活动的政治动机。

中村樱溪《上儿玉总督乞留纫山逸也书》谓：

汉土自古推崇文辞，台湾人士素袭其余习，故文辞不美不足以服其心。窃惟台湾日日新报馆员纫山逸也，蒙阁下之知遇，在台疆六阅年，握毫掺简，在论记事，赞襄政化，颂扬德政者，不一而足。尝陪南行之辕，参扬文之会，为台疆人士所推服，其冥功阴绩，非寻常百执事之伦也。

这里露骨地强调了日人汉文学活动的政治动机和政治效应。其《玉山吟社会宴记》则记：

……彼我相望，新旧不间，人人既醉，不复知为天涯千里之客矣；而斯土人士亦忘其为新版图之民也。嗟夫，五声相和而成乐，五彩相杂而成文，五味相调而其馔乃美，异域殊乡之人相合而其欢更洽，则其发于词赋者，欲不佳得耶？以此讴歌圣世，黼黻太平，宣扬南瀛文化者，盖不鲜尠。然则吟社之设，岂其徙尔？

这里更加露骨地强调了日人汉文学活动的政治动机和政治效应。水野大陆在玉山吟社诗酒之会的诗句“休说匪氛难一扫，从来王道在怀柔”则暴露了日本汉文学家服膺和服务于台湾日据当局文化笼络政策的态度。

其二，日据时期，台湾日据当局的文化政策经历了从笼络政策、限制政策到扼制政策的调整过程。日人在台湾的汉文学活动，或者说日本汉文学在台湾的延伸最初受到了台湾日据当局文化笼络政策的鼓励，属于执行文化笼络政策的行为，当台湾日据当局不再采取文化上的笼络政策，开始限制并进而扼制中国文学乃至中国文化，日本的汉文学却因感受了中国文学乃至中国文化的魅力而继续延伸。它在客观上延长了文化笼络政策的时效，为台湾诗人文学活动的公开化和合法化、为台湾文学的全面复苏提供了一定程度的保护作用，这是日人始料未及的。日据时期台湾文学的复苏是以 1902 年台中栎社公开恢复活动为起点的，其时乃在日据当局采取文化限制政策的 1900 年以后。另一方面，它又在客观上延续了日人对于中国文学乃至中国文化的“尊敬之念”。众多的日本汉文学家和汉文学爱好者共同倾心于汉诗汉文的学习和写作。这在主观上有政治的动机，客观上反映的却是对中国文学乃至中国文化固有地位的认同。

其三，日人在台湾的汉文学活动属于日本汉文学的范畴。我在《台湾文学史 · 近代文学编》（海峡文艺出版社 1991 年版）中指出：王松的《台阳诗话》（1905）“夹论侵台日吏中的汉文学家儿玉源太郎、纫山衣洲、土香居国、水野大路等人之诗则有不伦不类之嫌。日人之诗属于日本汉文学的范畴，本来应在《台阳诗话》的话题之外”；又在《台湾社会与文化》（海峡文艺出版社 1994 年版）一书里批评廖雪兰《台湾诗史》（1989）说：“日据时期，侵台日吏中的汉文学家和汉文学爱好者在台湾创作的汉诗属于日本汉文学在日本本土以外的延伸，其创作盛况可以改正日本《汉文学史》（绪方惟精著）中关于‘甲午一役，日本战胜了老大国清朝，丧失了过去长时间日本人对中国文化所抱的尊敬之念，日本的汉文学便陡告衰退’的结论。但是，侵台日吏中的汉文学家和汉文学爱好者在台湾属于依照不平等条约入侵的非法居住者，他们在台湾的汉文学活动不属于台湾文学的范畴。《台湾诗史》称非法入侵者为侨民，专节论列侵台日吏中的汉文学家和汉文学爱好者，表现了史识上的严重模糊。”

同《台阳诗话》（1905）和《台湾诗史》（1989）二书相比，连横《台湾诗乘》（1920）不给侵台日吏中的汉文学家和汉文学爱好者一席之地，不愧史学家的风范。

其四，从艺术上看，侵台日吏中的汉文学家馆森袖海、纫山衣洲、中村樱溪、土香居国、加藤雪窗诸人作品已达到相当的水准。但是，举其最佳作品，亦不过可读而无可传、有佳句而无完篇之属。众多的日本汉文学爱好者则处于学习遣词造句的阶段。廖雪兰《台湾诗史》谓：

日据之初，正好日本明治维新之后期，但是日人对于汉学，仍有相当基础。据台初期，百政伊始，着手建设，一时人才辈到，其中文人墨客亦多参与。而政府官员以及社会人士，多能诗文，其诗不在省籍人士之下。

别的旁置不论，谓日人诗“不在省籍人士之下”实在是言过其实的溢美之论。日据时期台湾诗人林痴仙、王松、连横、洪弃生、胡南溟、林南强等人的作品同日人的汉文学作品相较，显然有虎狗之差、上下床之别。在日据时期的台湾，中国文学的品质、水准和地位仍然在日本汉文学之上。

语言的转换与文学的进程
——关于台湾现代文学的一种解说

台湾现代文学（包括现代时段的台湾新文学）及其历史的研究始于台湾光复初期、亦即台湾现代文学史的最后阶段（1945—1948）。在此一研究领域，台湾学者王锦江（诗琅）的《台湾新文学运动史料》（1947）[①]乃是最早，亦是最好的论文之一。王锦江此文留意及于台湾现代作家的写作用语、留意及于台湾现代文学在日据时期发生的“一种特别的、用中文和日文表现的现象”。

于今视之，王锦江当年留意的问题似乎很少受到留意，由此而有弊端多多。例如，有台湾现代文学史论著对台湾现代作家吴浊流的文言作品完全未予采认，对其日语作品，则一概将译文当作原作、将译者的译文当作作者的原作作品来解读。我们可以就此设问和设想，假若台湾现代文学作品在写作用语上的采认标准是“国语”（白话），文言不是“国语”（白话），文言作品固当不予采认；但日语也不是“国语”（白话），日语作品为什么得到采认？假若日语作品的译者也如吾闽先贤严复、林纾一般将原作译为文言而不是“国语”（白话），论者又将如何措置？另有语言学研究论文亦将吴浊流作品之译文当作原作，从1971年的“国语”（白话）译文里取证说明作品作年（1948）之语言现象。

本文拟从语言与文学的关系来考量台湾现代文学的分野、台湾现代文学史的分期、台湾现代文学作品的分类以及台湾现代作家创、译用语问题的分析。

① 载台湾《新生报》1947年7月2日。

一

关于台湾现代文学和台湾新文学的“发轫”或“发端”，论者多锁定于“反对文言文，提倡白话文”，相关著述亦往往以“从文言文到白话文”作为台湾现代文学史和台湾新文学史的“第一章”或“第一节”。

这里有三个问题应当首先澄清和说明。

（一）“台湾现代文学”不是“台湾新文学”的同义语

“台湾现代文学”乃同“台湾古代文学”“台湾近代文学”和“台湾当代文学”并举，而“台湾新文学”则与“台湾旧文学”对举。与此相应，台湾现代文学作品包括了文言作品、白话作品和日语作品等，而台湾新文学作品首先就排除了文言作品。

（二）“反对文言文，提倡白话文”的实行与“从文言文到白话文”的实现乃是同一个过程而不是同一回事。

“反对文言文，提倡白话文”之议的首倡者胡适曾经记忆道：

当我在1916年开始策动这项运动时，我想总得有二十五年至三十年的长期斗争（才会有相当结果）；它成熟的如此之快，倒是我意料之外的。我们只用了四年时间，要在学校内以白话文代替文言，几乎完全成功了。在民国九年（1920），北京政府教育部便正式通令全国，于是年秋季始业，所有国民小学中第一、二年级的教材，必须完全用白话文。

在1919年至1920年两年之间，全国大、小学生刊物共四百多种，全是用白话文写的。[①]

应该毫不含糊地指出，胡适在这里所记所忆的情形其实并不曾发生于1916—1920年间的台湾。其时，台湾沦于日本侵略者之手已经二十余年。日据当局从据台之初就将“使台人迅速学习日本语”列入《对台教育方针》（1895），开始在台湾强制推行日语、阻限汉语。台湾的报刊几乎都以日语版发行，报刊之“汉文栏”篇幅相当有限。日据当局企图在台湾学校和报刊实行的不是“以白话文代替文言”，而是用日语取代汉语。在台湾，“反对文言文，提倡白话文”的始倡乃在1920年以后，它在台湾光复以前只是部分地得到部分台湾现代作家的响应，基于“保持汉文于一线”[②]的理念，部分台湾现代作家学习和使用文言的活动不曾稍息，文言一直是台湾现代作家主要的写作用语之一；“从文言文到白话文”则在台湾光复初期（1945—1948）、在胡适1916年曾经预计的“三十年”届满之期才得“几乎完全成功”。

（三）“从文言文到白话文”可以表述为“从文言到国语（白话）”。

文言即古代汉语书面语；白话即“国语”（民国初年确定的国家共同语，[③]包括书面语和口头语），如张我军1925年在台湾倡言“反对文言文，提倡白话文”时所称“我们之所谓白话是指中国的国

① 唐德刚译注：《胡适口述自传》，第163页，上海：华东师范大学出版社1993年版。

② 叶荣钟：《日据下台湾政治社会运动史》，下册，第619页，台中：晨星出版有限公司2000年版。

③ 关于“国语”和“共同语”周有光谓：“现代的共同语源出于古代，但不同于古代……共同语的名称也经过演变。清末民初称‘国语’（国家共同语），五十年代称‘普通话’（汉民族共同语）。1982年的宪法规定：‘国家推广全国通用的普通话’（全国共同语）。新加坡和海外华人称‘华语’（华人的共同语）。名称不同，实质相同”。语见《当代中国的文字改革》，第2页，北京，当代中国出版社1995年版。

语”[①]，亦如叶荣钟1929年向台湾读者介绍“中国新文学概观”时所谓“民国九年十年（1920—1921），白话公然叫做国语了”[②]。

那么，有什么理由将“从文言文到白话文”，亦即从文言到国语（白话）的转换作为台湾现代文学起始的标志，或者说，作为台湾现代文学与台湾近代文学分野的标志呢?

在我看来，其合理性盖在于：在台湾文学史上，包括从文言到国语（白话）在内的语言转换问题，乃是发生于台湾现代文学时期的特殊问题、并且始终贯穿于台湾现代文学的进程；在台湾现代文学时期，国语（白话）是语言转换的主要趋向和最终结局。因此，从文言到国语（白话）不仅是台湾现代文学同台湾近代文学、也是台湾现代文学同台湾当代文学分野的显要标志。

首先，从文学总体看，台湾现代文学的全程乃是“一个文学或语言上的工具去替代另一个工具”[③],即语言转换的过程。从语言与文学的关系、从台湾现代作家的写作用语来研判，台湾现代文学史大致可以分为三个阶段：

从黄朝琴《汉文改革论》和黄呈聪《论普及白话文的新使命》在《台湾》发表、《台湾民报》创刊的1923年起，迄于《台湾日日新报》《台湾新闻》《台南新报》和《台湾新民报》之“汉文版”被迫“废止”的1936年6月为第一阶段。在此一阶段里，文言作为传统的写作用语，从台湾古代文学、台湾近代文学承袭而来，又从台湾近代文学时期兴起的结社联吟活动的惯性得力，于时间和空间上得以延续和普及；另一方面，由于大陆文学革命的影响及于台湾，也由于黄朝

① 张光正编:《张我军全集》，第56页，北京：台海出版社2000年版。

② 叶荣钟:《叶荣钟早期文集》，第231页，台中：晨星出版有限公司2000年版。

③ 唐德刚译注:《胡适口述自传》，第142页。

琴、黄呈聪和张我军一干人等的倡言推展，国语（白话）也成为台湾现代作家一种时髦的写作用语。另有部分台湾现代作家已经养成了用日语写作的能力，如叶荣钟《日据下台湾政治社会运动史》所记:“能够写日文的固是济济多士”[①]。

从 1937 年 7 月中国抗日战争爆发至 1945 年 10 月台湾光复为第二阶段。在本阶段，日据当局全面取缔报刊之汉文版、汉文栏和学校之汉语教学，用国语（白话）写作的台湾现代作家基本上失去了发表作品的空间，用文言写作的台湾现代作家却由于日据当局并未取缔诗社而有乘隙活动的余地，文言和日语乃是台湾现代作家仅有的两个选项。

台湾光复初期（1945—1948）为台湾现代文学的最后阶段。在这最后阶段里，随着国语推行运动的推展，台湾民众的国语普及率大幅提升，学校的教材，坊间的书报改用了国语（白话)。用日语写作的作家几乎都停止了写作，文言作品的作者和读者也一时间失去了热情，国语（白话）终于取代文言、取代日语成为台湾现代作家的首选。

总而言之，台湾现代作家的写作用语从第一阶段的文言加上国语（白话）和日语，到第二阶段的文言和日语，再到第三阶段的完全采用国语（白话)，恰是一个起承转合的过程，从起到合又恰是一个从文言到国语（白话）的转换过程。

其次，就作家群体而言，除了洪弃生（1867—1929)、王松（1866—1930）和连横（1878—1936）等老作家坚持用文言写作而不移易，使用不同写作用语的台湾现代作家在其文学活动中经历了各不相同的语言的转换。

兹举例言之。

① 叶荣钟:《日据下台湾政治社会运动史》，下册，第 619 页，台中：晨星出版有限公司 2000 年版。

（一）从用方言写作到兼用国语（白话）写作

台南南社社友谢星楼（1887—1938）和黄茂笙（1885—1947）终生未放弃用文言写作。1923 年 7 月，谢星楼在《台湾》发表被誉为“相当优秀的小说”[①] 和“现代小说的萌芽”[②] 的国语（白话）小说《犬羊祸》（同年 8 月，《犬羊祸》又在《台湾民报》重刊）。黄茂笙的剧作“共有《谁之错》《破灭的危机》《暗明夜灯》《复活的玫瑰》《人格问题》等”，其中《破灭的危机》“语言介于文言与白话之间，未完全口语化”。[③]

赖和（1894—1943）、陈虚谷（1891—1965）和杨守愚（1905—1959）均是彰化应社的社友，长于用文言写作，赖和并且是“在台湾的旧诗坛崭然露头角，成为应社的一员大将”[④] 的人物。他们用文言写作，也用国语（白话）写作；用国语（白话）写作新诗，也用国语（白话）写作小说。

（二）从用文言起草到用国语（白话）和方言定稿

在台湾“第一个把白话文的真正价值具体地提示到大众之前”[⑤] 的赖和，“每写一篇作品，他总是先用文言文写好，然后按照文言稿写成白话文，再改成接近台湾话的文章”[⑥]。显然，赖和“每写一篇作

① 叶石涛:《台湾文学史纲》，第 33 页，台北：远景出版社 1987 年版。

② 刘登翰等:《台湾文学史》，上册，第 373 页，福州：海峡文艺出版社 1991 年版。

③ 吴毓琪:《南社研究》，第 196—198 页，台南市文化中心 1999 年版。

④ 叶荣钟:《台湾人物群像》，第 286 页，台中：晨星出版有限公司 2000 年版。

⑤ 守愚:《小说与懒云》，收李南衡主编《赖和先生全集》，台北：明潭出版社 1979 年版。

⑥ 王锦江:《赖懒云论》，收李南衡主编《赖和先生全集》。

品”的过程就是一个从文言到国语（白话）的转换过程。

（三）从用文言写作到兼用日语写作

吴浊流（1900—1976）早年参加苗栗诗社和大新诗社，一生写作旧诗上千首。吴浊流颇看重自己的旧诗创作，生前留言以“诗人吴浊流先生葬此佳城”勒其墓碑。[①]1936年起，吴浊流用日语写作《水月》《泥沼里的金鲤鱼》和《亚细亚的孤儿》等小说名篇。戴国煇指出，吴浊流“虽然吟咏并书写汉诗，但小说一概都用日文撰写”[②]。

（四）从用文言写作到兼用日语和国语（白话）写作

叶荣钟（1900—1978）的文学生涯是从用文言写作旧诗开始的。“叶氏生长于文风鼎盛的鹿港，从小习古诗文，后来到台中雾峰跟随林献堂时加入‘栎社’，与林幼春成忘年交，从十八岁到七十八岁去世时为止，前后六十年诗作不辍。”[③]荣钟的“日文功力系不容被质疑的……但他的中文造诣不仅不差，甚至有过于北大校友洪炎秋和北师大毕业生张我军等人”[④]。叶荣钟在台湾现代文学时期用文言写作，也用日语和国语（白话）写作。

---

① 钟肇政：《铁血诗人吴浊流》，转引自黄重添等：《台湾新文学概观》，上册，第50页，厦门：鹭江出版社1991年版。

② 戴国煇：《叶荣钟先生留给我们的淡泊与矜持》，引自叶荣钟《少奇吟草》第29页，台中：晨星出版有限公司2000年版。

③ 洪铭水：《〈少奇吟草〉跨越世代的见证》，引自叶荣钟《少奇吟草》，第42—43页。

④ 戴国煇：《叶荣钟先生留给我们的淡泊与矜持》，引自叶荣钟《少奇吟草》第29页。

（五）从方言俚语到文言词语

连横曾谈论“以台湾语而为小说”的问题。他认为：“台湾之语，无一语无字，则无一字无来历”，“其中颇多古义，又有古音、有正音、有变音、有转音”，他举出方言俚语中的“灶下八语”来证明“台湾语”即闽南方言之“高尚典雅”。[①]基于这一判断，他反对在使用方言俚语时“随便乱书”即使用同音替代字或生造僻字，要求采用规范的古代汉语对应词。

显然，连横主张的是从方言到文言的转换。

总而观之，尝试用方言写作的台湾现代作家鲜有斩获，亦终未形成群体。对“以台湾语而为小说”颇为关注的连横只看中许丙丁的《小封神》一篇。但是，在作品里采用方言俚语在台湾现代作家中乃是一种创作风气。部分作家在采用方言俚语时，留意于取其对应的文言词语。兹以赖和的小说名篇之篇名为证。赖和的《斗闹热》（1926）和《一个同志的批信》（1935）里的“斗”“闹热”和“批”都是方言里保存下来的古语。斗，相接谓为斗，李贺《梁台古意》：“台前斗玉作蛟龙”；闹热，热闹也，白居易《雪中晏起偶咏所怀兼呈张常侍、韦庶子、皇甫郎中诗》：“红尘闹热白雪冷”；斗闹热，凑热闹也。批，古代指一种上传下达的公文，在闽南方言里指各种书信。

（六）从用日语写作到用国语（白话）写作

吕赫若（1914—1951）在台湾光复前用日语写作，并成为最重要的用日语写作的台湾现代作家之一。其日语名作有《牛车》《暴风雨

① 连横：《雅言》，第2页，台湾省银行1963年版。

的故事》等20余种。在台湾光复初期，吕赫若改用国语（白话）写作，有《故乡的战事一：改姓名》（1946）、《故乡的战事二：一个奖》（1946）、《月光光——光复以前》（1946）和《冬夜》（1947）等国语（白话）作品发表。

（七）从用方言思考到用日语和国语（白话）写作

在台湾光复前用日语写作的台湾现代作家，有相当部分运用日语的能力低于其方言的水准。叶荣钟有与此相关的一番评估，略谓：

> 台湾人在日本占据的51年间，受尽欺凌压迫，但是在日常生活上最感痛苦的仍然以丧失语言的自由为第一，因为不能自由运用日语，未开言就有三分的败北感，这是笔者身受的感觉，使人永难忘怀。若论笔者年轻时的日语能力，不但自信相当强，跟随林献堂先生屡次到东京去访问日本政要，为他老人家做翻译，颇受他们的嘉奖，当笔者毕业由东京归台时，所担心的，就是返回故乡能否用“台语”演讲一事，以笔者这样的日语能力，尚且会感觉三分的败北感，其余的不是可想而知吗？[①]

这部分作家在改用国语（白话）写作的初期，其运用国语（白话）的能力也往往低于方言的水准。因此，他们的写作过程乃是一个从用方言思考到用日语和国语（白话）写作的转换过程，其作品也往往留有用方言思考的痕迹。

以吕赫若的作品为例。林至洁翻译的吕赫若的日语小说《财子

① 叶荣钟:《半壁斋随笔》，下册，第224页，台中：晨星出版有限公司2000年版。

寿》的中文译文有“室内打扫的一尘不染，而且摆放了几张待客用的‘猿椅’”[①]之语。“猿椅”其实应译为“交椅”，是一种有靠背和环行扶手的坐椅，亦称“太师椅”。在闽南方言里，“猴”与“交”近音，而猴的日语对应词是“猿”。吕赫若在其日语作品里留下了用方言思考的痕迹：他生造了“猿椅”一词来对应闽南方言里的“交椅”。吕赫若的国语（白话）作品也留有用方言思考的痕迹。如《冬夜》有“他是个某某公司的大财子”[②]之语，“财子”应为“财主”，在闽南方言里，“财主”读若“财子”，两者是完全同音的。

当然，也有一些用日语写作的台湾现代作家“连思考都全是日文”[③]，他们在台湾光复初期几乎完全停止了写作。例如，张文环“在台湾光复以前，他是台湾的中坚作家，做一个文学作家正要步入成熟的境地。就在这当儿，台湾光复了……一向用日文写惯了作品的他，蓦然如断臂将军，英雄无用武之地，不得不将创作之笔束之高阁，”转而“认真学习国文”。[④]

（八）从日语作品到国语（白话）译文

台湾光复初期，也有少数用日语写作的作家一边学习国语（白话），一边用日语写作。其日语作品经他人译为国语（白话），以此方式间接地实现了从日语到国语（白话）的转换。

台湾《新生报》之文艺副刊《桥》，乃是台湾光复初期重要的文艺园地。该刊编者曾刊登广告，“欢迎本省作者投稿”，并说明“无论

---

① 吕赫若著、林至洁译：《吕赫若小说全集》，第 228 页，台北：联合文学出版有限公司 1995 年版。

② 吕赫若著、林至洁译：《吕赫若小说全集》，第 537 页。

③ 钟肇政：《创作即翻译》，载台湾《联合报》1991 年 8 月 20 日。

④ 张光正编：《张我军全集》，第 366 页。

日文与中文均所欢迎”。[1] 杨逵的日语作品《知哥仔伯》[2]、叶石涛的日语作品《澎湖岛的死刑》[3] 和《汪昏平 · 猫 · 和一个女人》[4]，就是由潜生译为国语（白话）并发表于该刊的。

上述种种语言的转换，其前项都不是国语，其后项的一半以上乃是国语（白话）。质言之，国语（白话）乃是台湾现代文学进程中语言转换的主要趋向。在台湾光复初期，完全采用国语（白话）则是语言转换的最终结局。

二

作为一个历史时期的遗留，我们今天看到的台湾现代文学作品略可分为文言作品、国语（白话）作品和日语作品。其中，部分日语作品发表前已经过译者译为国语（白话）、已经过一个语言转换的过程，如杨逵作、潜生译的《知哥仔伯》，叶石涛作、潜生译的《澎湖岛的死刑》和《汪昏平 · 猫 · 和一个女人》；大部分日语作品则在发表后由经过译者译为国语（白话）、又经过一个语言转换的过程。因此，对台湾现代文学作品还应有原作和译文之辨；对于译文又当注意各种译本之别，如吕赫若作品之施文译本、郑清文译本和林至洁译本等。

某些台湾现代文学作品的创作过程其实是一个语言转换的过程、一个亦创亦译的过程。如赖和作品从文言初稿到国语（白话）夹杂方言的定稿，吕赫若作品从方言腹稿到日语或国语（白话）文稿。与此

① 见台湾《新生报》1948 年 8 月 9 日。
② 见台湾《新生报》1948 年 7 月 12 日。
③ 见台湾《新生报》1948 年 7 月 21 日。
④ 见台湾《新生报》1948 年 8 月 8 日。

相应，台湾现代作家的创作用语其实可以称为创、译用语，它涉及文言、国语（白话）、日语和方言。

兹谈论台湾现代作家创、译用语的若干问题。

（一）台湾现代文学乃从倡言“反对文言文，提倡白话文”起步，又在日据当局强制阻限汉语的重压之下艰难地进步。然而，作为古代汉语书面语、作为中国文学传统的写作用语，文言在日据时期始终是台湾作家主要的写作用语之一。

我在上文已经谈到，在台湾现代文学起步以后、台湾光复以前，“反对文言文，提倡白话文”只是部分地得到部分台湾现代作家的响应。我们看到的事实是，部分台湾现代作家接近和接受了国语（白话），但罕有用文言写作的台湾现代作家放松或放弃了文言。用文言写作的台湾现代作家“提倡作诗，组织诗社以期保持汉文于一线”[①]，他们使用方言、写作旧诗、结社联吟，用意乃在“特籍是为读书识字之楔子”[②]。这是台湾现代作家主观方面的原因。从客观情况看，日据当局政策调整过程中留下的空白也使得用文言写作的台湾作家有了乘隙活动的余地。在日据时期，日据当局的文化政策经历了一个从笼络政策到限制政策和扼制政策的调整过程；而台湾文学则在经历了短暂的沉寂期（1895—1902）后开始复苏，其标志是1902年台中栎社的重振和结社联吟活动的恢复。作为日本汉文学在台湾的延伸，侵台日吏中的汉文学家和汉文学爱好者广泛地介入结社联吟的活动，共同倾心于用文言写作汉诗（中国旧诗）。日本汉文学在台湾的延伸、日人在台湾的汉文学活动，最初乃受到日据当局文化笼络政策的鼓励，属于执行文化笼络政策的行为。当日据当局不再采取文化上的笼络政策，开始限制并进而扼制中国文学乃至中国文化在台湾的发展，日本

① 叶荣钟:《日据下台湾政治社会运动史》，下册，第619页。

② 台中栎社发起人林痴仙语。转引自林献堂:《无闷草堂诗存 · 林序》。

的汉文学却因感受了中国文学乃至中国文化的魅力而继续延伸。它在客观上延长了文化笼络政策的时效、并使得文化限制政策和文化扼制政策的覆盖面留有空白，为台湾作家使用文言、写作旧诗和结社联吟活动的公开化和合法化提供了一定程度的保护作用。日据当局限制并且进而扼制汉语教学和汉文报刊，却不曾对使用文言、写作旧诗和结社联吟的活动实施严厉的限令或禁令。据台湾学者报告，1902 年台湾全省共有诗社 6 家，到台湾现代文学起步之年的 1923 年增至 69 家，此后，仍然保持逐年增加的惯性，至日据后期的 1943 年竟然攀升至 226 家。[①] 这是日人始料不及，亦是我们终于看到的文言成为日据时期台湾作家（包括台湾现代作家）主要写作用语的客观原因之一。

（二）在台湾光复以前，用文言写作的台湾现代作家有相当部分是透过方言来学习文言，又用方言来诵读或吟唱文言作品的。

台湾学者黄美娥报告：

考察日据时期本地的诗社活动，尚可发现一有趣之处，由于土地开发关系，本地人口结构包括了闽籍与客籍百姓，因此成立诗社时，也就出现有以闽籍成员为主的诗社，如新竹市区内的“竹社”“青莲吟社”“耕心吟社”……，创立于竹北地区的“来仪吟社”“御寮吟社”“锄社”，以及创立于关西、新埔地区，以客籍成员为主的“陶社”“大新吟社”、“南瀛吟社”等。由于使用语言不同的关系，吾人可以发现地方境内的各个诗社当其举行联吟诗会时，语言对于活动的进行，会发生关键性的区隔作用：例如竹北地区的“锄社”，其举办诗会时，往往会与同操闽语的新竹市区文人联吟，始终未见其与附近

① 吴毓琪:《南社研究》，第 33—34 页。

的“陶社”或“大新吟社”“南瀛吟社”举行区域性的诗社联吟；而使用客语的“陶社”，则屡与邻近同属客语系统的新埔文人或桃园龙潭诗人聚会切磋。[①]

显然，“操闽语”的作家与“使用客语”的作家都用文言写作，却用各自的方言吟唱，由此发生了结社联吟活动中的方言“区隔”现象。这种方言“区隔”现象，同日据时期台湾社会方言“区隔”的情况是一致的。当台湾光复之时，重庆《大公报》记者李纯青在台湾苗栗就曾有“苗栗讲客家话，有时要经过两道翻译，由国语翻闽南语，再由闽南语翻客家话”[②]的遭遇。

文学上和社会上的方言“区隔”共同反映了国语（白话）低普及率的状况。以此衡之，台湾现代文学在台湾光复初期短短几年之间迅速实现为“国语的文学”[③]，台湾光复初期的国语推行运动与有力焉、功莫大焉。

（三）1925年10月25日，张我军在《台湾民报》发表《中国国语文做法·导言》[④]；翌年，张我军《中国国语文做法》一书在台湾出版。二十年后，1945年10月25日，台湾光复；翌年，张我军返回台湾，并着手编《国文自修讲座》。《国文自修讲座》1—5卷于1947年起陆续在台湾出版。

《中国国语文做法》乃是“用国文讲国文”，而《国文自修讲座》则是“借用大多数台胞能懂的日文做工具”即用日文“讲国文”。张

① 黄美娥：《建构中的文学史：新竹地区传统文学史料的采集、整理与研究》，台湾文学史料编纂研讨会论文，台北：2000年。

② 李纯青：《二十三天的旅行》，载重庆《大公报》1945年12月6日，引自《望乡》，第28页，台北：人间出版社1993年版。

③ 胡适语。引自《中国新文学大系·建设理论集》，第127页，上海：良友图书印刷公司1935年版。

④ 载《台湾民报》第76号，1925年10月25日。

我军说：

> 用文字对现在不懂国文的台胞讲授国文，要用国文做工具。换句话说，要用国文讲国文，事实上恐怕是等于不讲；假如台湾方言是能够用大家都看得懂的文字来表现的话，那么用它来做工具，可以说是最理想的了。无奈台湾方言是无法表记的，即使勉强用汉字写出来，读起来比国文也许更难懂。所以本讲座只好借用大多数台胞都能懂的日文做工具。但是大约推量起来，读过六卷之后，浅近的国文也能够了解了，第七卷以后便可以用国文讲解，而实在无法了解的地方才辅之以日文。①

同编写《中国国语文做法》时的情形不大相同，《国文自修讲座》面对的是"现在不懂国文的台胞"和"大多数台胞都能懂"日文的情形，面对的是基本"不懂"国语（白话）和基本"都能懂"日语的读者。《国文自修讲座》因而"只好借用大多数台胞都能懂的日文做工具"。从张我军的话语里，我们感受了苦楚。

从台湾光复初期国语推行运动的实际情况看，"用国文讲国文"、用方言"讲国文"也是台湾民众曾经采用的讲授和学习国语（白话）的方式。台湾民众最常用的方式则是借助注音符号、国语罗马字或方言罗马字来学习国语。钟肇政先生自称在台湾光复初期透过注音符号和文言读本学习国语（白话），并宣称这是不少人"共通的学习经过"；② 朱兆祥则提及"注符、方符、国罗、方罗"（即注音符号、方

① 引自张光正编：《张我军全集》第 433 页。

② 钟肇政：《创作即翻译》，载台湾《联合报》1991 年 8 月 20 日。

言符号、国语罗马字和方言罗马字）都是“国语指导员”[①]；胡莫和朱兆祥在台湾光复初期还分别提出《新拼音法（台湾新白字）》[②]和“厦语方言罗马字”之“新草案”[③]，以济“台湾方言是无法表记的”之穷。“由方言到国语，由方符到国文，这是国定的左方右国——或左义右音的政策。台湾省的国语运动正是朝着这个路走的”[④]。

据我闻见所及，台湾光复初期出版的国语自学辅导读物，先于张我军《国文自修讲座》的有林忠（台湾广播电台台长）的《国语广播教本》（1945）和许寿裳（台湾省编译馆馆长）的《怎样学习国语和国文》（1946）。

（四）从总体上看，台湾现代文学作品采用了大量的台湾方言俚语。某些作家甚至抱持了用方言来写作小说的态度，某些日语作品在译成国语（白话）后，亦是方言俚语迭出。一部《光复前台湾文学全集》[⑤]（1920—1945），简直是一部“台湾方言语汇”。

例如，废人（郑明）的国语（白话）小说《三更半暝》[⑥]篇制短小，采用方言俚语竟达70余处：半暝（半夜）、家伙（家当）、睏（睡觉）、落车（下车）、土粉（灰尘）、生成（天生）、头面（脸面）、大肠告小肠（喻饥肠辘辘）、安尔（如此这般）、滚水（开水）、无工（没时间）、紧睏（快睡）、银角子（钱）、早起（早上）、落眠（入睡）、有影（真的）、后壁（后边）、淡晡（一点点）、下晡（下午）、淡薄

① 朱兆祥：《厦语方言罗马字草案》，载《台湾文化》第3卷第7号，1948年9月1日。

② 胡莫：《厦门方言之罗马字拼音法》，载《台湾文化》第3卷第5号，1948年6月1日。

③ 见《台湾文化》第3卷第7号，第13—18页。

④ 朱兆祥：《厦语方言罗马字草案》。

⑤ 钟肇政、叶石涛主编，台北：远景出版社1979年版。

⑥ 原载《台湾新文学》第1卷第10号，1936年12月；收钟肇政、叶石涛主编《光复前台湾文学全集》第6卷。

（一点点）、随时（马上）、啥货（什么）、恁（你）、人客（客人）、干鄙噪（咒骂）、人气（人缘）、生理（生意）、菜店（酒店）、走桌（跑堂）、舍（对世家子弟一类人物的称谓）、落崎（下坡）、饲妻子（养家小）、趁（赚）、滚笑（开玩笑）、晏（晚）、住暝（过夜）、知影（知道）、墘（边沿）、仙（先生）、拢（都）、终世人（一生、一直）、时行（行情好）、头家（老板）、无偌远（不多远）、畅话（笑话）、敢（恐怕）、二点外钟（二时许）、娶（领）、拼（清理）、步辇（步行）等。

又如，翁闹的日语小说《戇伯仔》由钟肇政译为国语（白话）[①]，译文里也有唐山（大陆）、翘（死去）、仙（先生）、银（钱）、牵手（结婚）、转来（回来）、番薯（地瓜）、查某（女人）、埕子（平地）、红毛蕃（外国人）、空（闲）、店仔（小店）、街路（街道）、阵（行进的队伍）、大日头（炎日）等方言俚语。

由于台湾现代白话小说和日语小说之白话译文往往夹杂方言和日语，《光复前文学全集》的编者特地采用了文后附注之法："内容有日语或闽南方言之处，为求不干扰原文，一律附注于后，我们希望附注部分并非是原文的附属而已，而能自成独立单元，让读者在查阅之余，能进一步伸入其中，去了解台湾的历史文化和风俗习惯。是以，诸如'二林事件'、'台湾文化协会'、'公益会'、'尾衙''开正'、'演武亭鸟仔'、'举柴仔撞目睛的'、……皆尽可能予以评注"[②]。

我曾在《台湾文学：民俗、方言的介入》[③]一文里指出：

---

① 原载《台湾文艺》第 2 卷第 7 号，1935 年 7 月，译文收钟肇政、叶石涛主编《光复前台湾文学全集》第 6 卷。引自钟肇政、叶石涛主编《光复前台湾文学全集》第 6 卷。

② 引自钟肇政、叶石涛主编:《光复前台湾文学全集》第 1 卷，第 5 页。

③ 收拙著《台湾社会与文化》，福州：海峡文艺出版社 1994 年版。

民俗和方言本来就有一层如影相随的密切关系。民俗学家顾颉刚曾经说:“以风俗解释方言，即以方言表现风俗，这是民俗学中新创的风格，我深信其必有伟大的发展。”顾颉刚肯定的是人类文化语言学（ethnolinguistics）的研究方向，也是民俗和方言之间的密切关系。台湾民俗和台湾方言共同介入台湾文学，主要是由这层关系约定的。

日据时期，在日据当局文化政策的重压之下，坚守传统的民俗习惯和语言习惯成为台湾人民抵制日据当局文化政策的主要斗争方式，成为台湾人民最为看重的生活方式。传统的民俗习惯和语言习惯，台湾民俗和台湾方言，自然也为台湾作家所看重。对于台湾现代文学作品采用方言俚语的现象，这应该是一种合理的解释。

那么，为什么在台湾现代文学的进程中，方言作品始终未能自成一类、自成一种气候呢?

举例言之。在《光复前台湾文学全集》里，柳塘（杨朝枝）的小说《有一天》[①] 里有“谁叫你来的，是你的阿母吗”和“不是，是我的阿妈叫我来的”之问答。在闽南方言里，“阿母”指母亲，“阿妈”却是对祖母的称谓。作者或编者不就此注释，闽南方言区以外的读者将困惑不解：妈妈（阿妈）不是母亲（阿母），这算什么回事?废人（郑明）的小说《三更半暝》里有“娶查某出局”之语，意即带妓女出场。在闽南方言里，“娶”另有“带领”之意。如果作者或编者于此处不予附注，所有的读者都会产生歧义，以为书中人物娶了妓女为妻为妾。所谓“方言作品”当然是通篇方言，给通篇方言加注，注文当然多于本文。读此注文多于本文的作品，对此“椟多于珠”的情形，读者往往不堪卒读。看来，张我军所谓“台湾方言是无法表记

① 收《光复前台湾文学全集》第5卷。

的”和连横所谓“以台湾语而为小说，台湾人谅亦能知，但恐行之不远耳”[①]，乃是尝试用方言写作的台湾现代作家鲜有斩获，方言作品未能自成一类、自成一种气候的原因。

① 连横:《雅言》，第20—21页。

文学的周边文化关系
——台湾文学史研究的几个问题

癸未之秋，开学伊始，我同研究生张宁、游小波、李诠林诸君商定，他们各以“台湾古代文学史”“台湾近代文学史”和“台湾现代文学史”作为博士学位论文的选题，我则担负指导之责。

本人初涉台湾文学史的研究始于1987年11月，迄今已整整16个年头。于此艰难的学术路途之中，自有心得种种、亦有失虑多多。

吾愿以治学之得失，报告于同道诸君。

一

文体与文学，关系甚为密切。某种文体的盛行，甚至造就了某一时代文学的风貌。王国维先生尝谓：

> 凡一代有一代之文学：楚之骚，汉之赋，六代之骈语，唐之诗，宋之词，元之曲，皆所谓一代之文学，而后世莫能继焉者也。①

诚哉斯言也。

然而，随着文学的发展、时代的推演，某些文体渐被置于文学的边缘，渐被视为文学的边缘文体。

在我看来，我们收集台湾文学史料的注意力应当及于台湾作家的联语、诗钟、制义、骈文、歌辞等各类边缘文体的作品。

请试言之。

① 王国维：《宋元戏曲史》，自序第1页，北京：东方出版社1996年版。

（一）联语

联语也称楹联、楹帖、对联和对子等。

陈寅恪先生曾举出以“对对子”为清华大学入学试题的理由，略谓：

（甲）对子可以测验应试者能否知分别虚实字及其应用，此理易解，不待多言；（乙）对子可以测验应试者能否分别平仄声，此节最关重要。声调高下，与语言变迁文法之关系，学者早有定论。中国之韵文无论矣，即美术性之散文，亦必有适当性之声调。若读者不能分平仄，则不能完全欣赏与了解，竟与不读相去无几，遑论仿作与转译？又中国古文句读，多依声调而决定，若读者不通平仄声调，则不知其文句起迄，故读古书，往往误解。（丙）对子可以测验读书之多少，及语藏之贫富。若出一对子，中有专名或成语，而对者能以专名或成语对之，则此人读书之多少，及语藏之贫富，可以测知。（丁）对子可以测验思想条理。凡上等之对子，必是正、反、合之三阶段。凡能对上等对子者，其人之思想，必贯通而有条理，故可藉之而选拔高材之士。[①]

陈寅恪先生谈论的其实也是联语一体的优越性。

“联语为吾人每日接触眼帘之物”[②]，其应用范围相当宽泛，视之为应用文体或文学的边缘文体当无不可。但是，同文学的关系相当紧密的“上等之对子”在文学史当有一席之地。

① 陈寅恪：《与刘叔雅论国文试题书》，转引自刘麟生：《中国骈文史》，第137—138页，北京：东方出版社1996年版。

② 刘麟生：《中国骈文史》，第122页。

有鉴于此，我曾作《台湾近代楹联小札》和《台湾谚联》，分别收于拙著《台湾近代文学丛稿》（1990）和《台湾社会与文化》（1994）；又曾在写作《台湾文学史》（1991）之“近代文学编”时，立专节论述“笔记文学与楹联艺术”。

台湾联语作品和联语作手于今仍是收罗不全、论列未周，同道诸君在此一方面正可下一番竭泽而渔的功夫，相信将有丰硕的收获。

（二）诗钟

诗钟又名诗畸、折枝和击钵吟。

诗钟的创作活动基本上属于文字游戏。然而，诗钟一体传入台湾后却在台湾文学史上一再发生重要的影响。

我在《台湾文学史》之“近代文学编”指出：

> 诗钟（的创作活动）乃是一种具有竞技性质的集体活动，有关于时、体、题、韵的严格规定和“拈题”“宣唱联句”之类具有游戏趣味的项目。因此，诗钟在台湾的传播促成了台湾诗人结社联吟的风气和雕词琢句的游戏之风，使建省初期（1885—1894）的台湾诗坛呈现出繁荣（及其）背后的虚弱：广泛而频繁的文学活动和狭窄而琐碎的作品题材，相与切磋诗艺与追求形式主义，佳作名篇迭出与无聊之作纷呈。[①]

又在拙著《中国文化与闽台社会》（1997）指出：

① 刘登翰等主编：《台湾文学史》，第246—247页，福州：海峡文艺出版社1991年版。引文括号内文字为引用者所加。

“击钵吟”一体（包括击钵联吟活动中的诗钟、七绝和七律）的创作是一种具有竞技性和趣味性的集体创作，台中栎社“以击钵吟号召，遂令此风靡于全岛”则是一种不得已而为之的明智选择。“击钵吟”的游戏形式在集结台湾诗人、迷惑日据当局方面确有相当的优越性，日据前期台湾文学诗社林立、诗人辈出、活动频繁的现象正是在“击钵吟”的旗帜和幌子下发生的。应该更进一步指出的是：“谁谓游戏之中无石破天惊之语耶？”台湾诗人的“击钵吟”创作也不乏抗日爱国的名句名篇。[①]

近年，我对诗钟一体同台湾文学的关系又有新的认识。我注意到，在日据后期，日据当局限制并且进而扼制汉语教学和汉文报刊，却不曾对使用文言、写作旧诗和结社联吟的活动实施严厉的限令或禁令。据台湾学者报告，1902 年台湾全省共有诗社 6 家，到台湾现代文学起步之年的 1923 年增至 69 家，此后仍然保持逐年增加的惯性，至日据后期的 1943 年竟然攀升至 226 家[②]，诗钟（击钵吟）在日据初期引发的“诗社林立、诗人辈出、活动频繁”的状况一直延续到日据后期，诗钟（击钵吟）同台湾文学史的关系也从台湾近代文学时期维持至于台湾现代文学时期。

（三）制义

制义又称制艺、时文、四书文、八比文和八股文，制义写作是明清科举制度规定的考试项目。

---

① 拙著《中国文化与闽台社会》，第 85 页，福州：海峡文艺出版社 1997 年版。

② 吴毓琪：《南社研究》，第 33—34 页，台南：台南市文化中心 1999 年版。

“士既无不出身于科举，即无不能为制艺。”[①] 清代“出身于科举”的台湾作家留存的制艺作品相当多，并有台湾作家的制义作品达到全国一流的水平。

卢前（冀野）《八股文小史》[②] 据清人梁章钜《制艺丛话题名》列台湾教谕郑兼才为清代嘉庆朝之“制艺巨手”之一。

郑兼才（1758—1822），字文化，号六亭，福建德化人，嘉庆三年（1793）举乡试第一。曾两度担任台湾县学教谕并终老焉。

又，洪弃生《寄鹤斋诗话》谓：

> 同邑有张汝南，名光岳，号璞斋，制艺巨手，衡文者至以方百川为比，而不工诗。[③]

张光岳（1859—1892），字汝南，号璞斋，台湾彰化人。方百川即方舟，安徽桐城人。方舟、方苞兄弟同出于制艺大家韩慕庐门，“为一代之巨手”。[④] 张光岳的制义作品堪“以方百川为比”，自有相当水准。

清代台湾书院训练制义写作的情形，在台湾作家笔下留有很多记录。如汪春源《窥园留草·汪序》记“制义试帖”为海东书院的课程，施士洁诗有“我年十八九，沾沾制义不释手”[⑤] 句。

制义一体有种种严格的规定。严格规定之下的训练，实际上就是强化训练。由此视之，制义同文学是有关联的，于台湾文学史著论其

① 卢前：《八股文小史》，引自刘麟生：《中国骈文史》，第 162 页。

② 书成于 1933 年 10 月，为作者在暨南大学的讲稿之一，1937 年 5 月由商务印书馆出版。

③ 洪弃生：《寄鹤斋诗话》，《台湾文献丛刊》本。

④ 卢前：《八股文小史》，引自刘麟生：《中国骈文史》，第 202 页。

⑤ 施士洁：《艋川除夕遣怀》，引自《后苏龛合集》，《台湾文献丛刊》本。

作家作品、优劣利弊当无不可。

我在写作《台湾文学史》之“近代文学编”时，已发现并抄录台湾近代作家的制义作品10余种。当时忧虑于“八股文”之名易招致批评，竟然不着一字、不置一词。于今思之，颇感遗憾。

（四）骈文

骈文源于汉魏，成于六朝。篇章以双句（俪句，偶句）为主，讲究对仗、声调和韵律（或有不用韵者）。唐代以后多以四字、六字定句，也称“四六文”。

我初涉台湾文学史研究以后，首次发现的台湾作家的佚文就是骈文：施士洁和罗秀蕙分别撰写的两篇《祭江杏邨先生文》。

读此二文，赏其字句之美、声情之茂及其忧国忧民、崇尚正义的思想内容，谁谓骈文无石破天惊之作！

“骈文在吾国文学史中，自有其光荣的史页”。[①]“六朝之骈语”曾领一代之风骚，骈文作品之佳者自当入史。

（五）歌辞

收集台湾文学史料，宜留意收集歌辞。

歌辞略分两类。

一为抒情类。如，王新民教授《清初台湾番族原始文学资料》[②]从清代文献辑录的民歌《麻豆思春歌》等属于抒情类的歌辞。《麻豆思春歌》是清人以直音法注音、意译法释义而记录下来的，其辞曰：

① 刘麟生:《中国骈文史》，第8页。

② 载福建国立海疆学校《海疆学报》第1卷第2期，1947年4月15日。

唉加安吕燕（夜间难寐），音那乌无力圭肢腰（从前遇着美女子），礁圭劳音毛番（心中欢喜难说）。

另一类为叙事类。

连横《雅言》记台湾有“采拾台湾故事，编为歌辞者，如《戴万生》《陈守娘》及《民主国》”。

福州大学施舟人、袁冰凌教授伉俪创办的西观藏书楼有这方面的收藏。

二

梁启超先生尝谓：

做文学史，要对于文学很有趣味很能鉴别的人方可以做。他们对于历代文学流派，一望过去即可知属某时代，并知属某派。比如讲宋代诗，哪首是西崑派，哪首是江西派，文学不深的人只能剿袭旧说，有文学素养的人一看可以知道。[1]

细思梁任公之言，我觉得若将“有文学素养的人”改为“有国学素养的人”便好。因为我们所见的事实是：“有国学素养的人”来“做文学史”，如王国维做《宋元戏曲史》、胡适做《白话文学史》、鲁迅做《中国小说史略》、罗根泽做《乐府文学史》、郑振铎做《中国俗文学史》、阿英做《明清小说史》，一出手便是经典之作；而“有文学素

① 梁启超：《中国历史研究法》，第337页，北京：东方出版社1996年版。

养的人”若不曾接受史学训练，于文学外部的制度知之不多、知之不详，当他们从事文学史著的写作，可能在“外部制度与文学史实的论述”一节上有所缺失。

我在《清代福州对台文化交流的若干情况》一文指出：

> 台湾民间曾有“无福不成衙”之谚流传。台湾学者吴瀛涛在《台湾谚语》(台湾英文出版社1979年版)一书里解释说：“清代，台湾的官吏多数是福州人，此因福州是福建省的省垣，而当时闽、台管辖未分离，所有台湾的州、厅、县官，大部分是由福建总督、巡抚，从省内拣选，自然上至抚台衙门的幕僚、下至县丞衙门的杂员都充斥了福州人。”这里有一个误解。清代回避制度规定：“督抚以下，杂职以上，均各回避本省”，即非本省，五百里内亦不得为官。但是，教职和武职稍可放宽。“无福不成衙”反映的历史真相是：清代台湾各地、各级、各种衙门里几乎都有福州人士担任教职或者幕友。幕友不等同于吴瀛涛所谓“衙门的幕僚”(有官职的佐助人员)，是衙门内没有官职的佐助人员(俗称“师爷”)，他们通常是由衙门长官私人聘请，分管衙门内之刑名、钱谷、文案一类事务。[①]

这里涉及的幕府制度、职官制度、教育制度和回避制度，以及这里不曾涉及的科举制度等都是文学的外部制度。

文学的外部制度同文学的关系，乃是中文(国文)院(所)出身的学者如我辈宜多加注意的关节。

10年前，我曾就“台湾幕府与台湾文学”之课题，选择唐景崧在台湾兵备道(任所在台南)、台湾布政使和台湾巡抚(任所在台北)

① 拙著《中国文化与闽台社会》，第17页。

任上先后辟置的幕府做个案研究。研究结果表明：

在近代台湾，幕府在录用人才方面以不拘一格、自由流动等优越性为号召，吸引、集结了一批无意、失意或者仍然着意于科举、仕宦之途的文学人才，养成、助长了文学上议政干政、结社联吟的风气，推出了一批优秀的文学作品，对台湾文学影响至深、增色不少。[①]

我在研究报告里也提及另一个案：台湾知府仝卜年辟置的幕府，谓：

当然，并非所有的幕府都如唐景崧幕一般热闹。如道光末年台湾知府仝卜年幕中就很是清静。幕友张新之说：在幕中“日不过出数言，眠食静息”。他因此有了潜心学术的时间和心境，在仝卜年幕中完成了巨著《妙复轩评点石头记》，是书为《红楼梦》的重要评本之一。[②]

这一情形并不相同的个案反映的也是幕府制度与文学的关系。

在“台湾幕府与台湾文学”的课题之下，宜深入进行个案研究和综合研究，相关的文学史实亦当在台湾史著里论述及之。

十余年来，我于“台湾的科举和台湾的文学”亦颇留心。早年有《台湾的科举和台湾的文学》《清代台湾教育科举若干史实考》等文，近年则有《文化：闽江流域与台湾地区》《清代福州对台文化交流的若干情况》《地域历史人群研究：台湾进士》之作。

作为文学外部的制度，科举制度对台湾文学曾发生多方面的影

① 拙著《台湾社会与文化》，第 224 页，福州：海峡文艺出版社 1994 年版。
② 拙著《台湾社会与文化》，第 222 页，福州：海峡文艺出版社 1994 年版。

响。此一方面有颇多问题尚待深入研究。

例如，科举制度引发的闽、台两地文人流动的状况里就有“冒籍”问题须得细细考辨。

陈泗东先生曾经指出：

台湾于光绪十一年（1885年）才从福建分出，自成一省。清朝一向对台湾士子有特殊照顾的规定，乡会试都保留一定的名额。台湾当时文化较低，据乾隆廿九年巡台御史奏：“台湾四县应试，多福兴泉漳四府之人。稍通文墨，不得志于本籍，则指同姓在台居住者，认为子侄，公然赴考。”……其中晋江人王克捷以诸罗县（现嘉义县）秀才中乾隆十八年癸酉（1753年）科举人，更中乾隆廿二年丁丑（1757年）科进士，就是典型之例。直至清末闽台分省前后，依然出现此类事。如泉州土门外下围村人叶题雁，字映都，号梅珊，就以台湾籍中庚辰（1880年）进士，官郎中、御史。其冒籍情况不明。又如泉州城内新坊脚人李清琦以台湾彰化籍中光绪二十年甲午（1894年）科进士、点翰林。李是明代进步思想家李贽的族裔，关于他的台籍详情，我曾询问他的后代，据说李清琦有一个叔父到台湾彰化当塾师，李随他至台读书，就彰化籍进秀才，以后他仍然回泉州居住，后代无人留台。[1]

清代官方对士子冒籍赴考的行为有认定的标准和处罚的措施。王连茂、叶恩典先生《张士箱家族及其家族文件概述》记：

（张士箱）于康熙四十一年（1702）二十九岁时即参与张家重修

① 陈泗东：《幸园笔耕录》，下卷，第480—481页，厦门：鹭江出版社2003年版。

族谱的工作，说明其学问已在宗族中崭露头角。我们虽然不清楚他二十九岁前的经历，但从他是年“冒籍”入永春学的举动，已能明了他渴求功名的心态。可惜此举被发现而除名，这对他的伤害肯定不小。其时，台湾科举初兴，获取功名的机会较多，于是闽南一带不少久困科闱的年轻学子，纷纷转向台湾进学。张士箱也抓住这一契机，于同年毅然东渡，并从此开始了他的人生旅程。

张士箱抵台后，初住府城镇北坊，寄籍凤山。次年入凤山县学，而拨入台湾府学成为生员，之后补增生、廪生[①]。

张士箱初以永春籍进学，又以凤山籍进学。一遭除名，一获认可，其原因乃在冒籍与改籍之别。质言之，改籍不同于冒籍。

据我闻见所及，王克捷、李清琦二人曾分别“随父居于诸罗”（《台南县志》卷八《人物志》）和随叔父“至台读书”，李清琦又有“癸巳服阙来台，取咨文赴礼部试”[②]的记录，他们改籍为台湾人，事当无疑；叶题雁于1904年因母丧从北京返回祖籍地泉州居住，1905年病逝，他早年改籍的情况尚待查证。

澄清王克捷、叶题雁、李清琦“冒籍赴考”的问题，事关此三人是否为台湾进士、是否应该入于台湾文学史，事关台湾文学史实的论述。

在“台湾的职官和台湾的文学”方面，我曾误“台湾府学训导”为“台湾府学教谕”、误以“兵备道”为武职，记台湾“提督学政”一职的轮流兼理亦曾有误；也曾有相对准确的论述。如：

① 王连茂、叶恩典：《泉州、台湾张士箱家族文件汇编》，第2—3页，福州：福建人民出版社1999年版。

② 拙著《台湾近代诗人在福建》，第69页，台北：幼狮文化事业股份有限公司1998年版。

光绪三年丁丑（1877），丘逢甲自彰化赴台湾府城（台南）应院试（童子试的第三级考试）。主是年院试者为福建巡抚丁日昌。丁日昌询知逢甲姓名、生年，乃抚其顶曰："甲年逢甲子。"逢甲对曰："丁岁遇丁公。"丁日昌大喜，笑曰："无待阅卷，亦知若可为生员也。"及榜出，果以案首入泮。

丘逢甲生于清同治三年甲子（1864）。"甲子"既是干支历年之首，又是对逢甲的称谓。以"甲子"入于联中，则"甲年逢甲子"至少涵有二义：甲年（甲子、甲戌、甲申、甲午、甲辰、甲寅）周而复始适逢甲子之年；甲年（甲子之年）恰逢甲子（谓丘逢甲）诞生。逢甲所对"丁岁遇丁公"就更加巧妙了。"丁岁"乃丁丑岁的简称，"丁公"是对丁日昌的尊称。"丁岁遇丁公"除了"在丁丑岁得遇丁公"之意，还兼有知遇感恩的用意，字字恰到好处，无怪乎丁日昌闻言大喜了。

主持院试本是各省"提督学政"的职责。从1684年到1895年，台湾的"提督学政"，先后由分巡台厦兵备道（1684—1721）、分巡台厦道（1721—1727）、巡台御史（1727—1751）、分巡台湾兵备道（1752—1874）、福建巡抚（1875—1877）、分巡台湾兵备道（1878—1888）、台湾巡抚（1888.10—1895）兼理。光绪丁丑之岁（1872）正是福建巡抚主持台湾学政的年头，丘逢甲这才有了"丁岁遇丁公"的机会。[①]

此一文学史实的论述涉及的外部制度包括科举制度和职官制度。

① 拙著《闽台历史社会与民俗文化》，第191—192页，厦门：鹭江出版社2000年版。

三

梁启超先生《中国历史研究法补编》有言：

文物专史的时代不能随政治史的时代以划分时代。固然，政治影响全部社会最大，无论何种文物受政治的影响都很大；不过中国从前的政治史，以朝代分，已很不合理论，尤其是文物专史更不能以朝代为分野。[①]

我在写作《台湾文学史》之“近代文学编”时，曾认真考虑过文学圈外的事件尤其是政治事件同文学史分期的问题，并且写道：

1851年咸丰皇帝即位一事同台湾文学的发展似乎没有关系。然而从台湾文学的实际情况看，《瀛洲校士录》（徐树干编）、《啸云丛谈》（林树梅）等书刊行于1851年；《观海集》（刘家谋）、《陶村诗稿》（陈肇兴）、《北郭园诗钞》（郑用锡）、《潜园琴余草》（林占梅）等书所收主要是1851年以后的作品；郑用锡和林占梅在北郭园、潜园组织的新竹县作家的集体活动始于1851年；《海音诗》（刘家谋）成于1851年次年；查小白来台时在1851年等，表明了咸丰元年（1851）乃是台湾近代文学一个发展阶段的起点。[②]

又写道：

① 梁启超：《中国历史研究法》，第340页。
② 刘登翰等主编：《台湾文学史》，上卷，第214页。

台湾在建省（1885）以后、中日甲午战争（1894）发生以前的八年间，在兵备、拓殖、文治等方面均有较大发展。这一期间台湾文学也出现空前的繁荣。诗社纷起；开始有初具雏形的文学流派和具有全国水平和全国影响的诗人出现；游宦诗人的创作活跃。甲午（1894）、乙未（1895）年间，台湾诗人又以感人的爱国诗作为台湾 近代文学增添了光辉的一页。[①]

1993年10月，我在《〈台湾诗史〉辩误举隅》一文指出：

以帝王年号的更替来划分清代台湾诗的发展阶段，无法体现文学史分期的意义。我们知道，政治史和文学史的进程，不是平行推进、互不交叉，也不是亦步亦趋、合而为一的。某些政治变动确实在文学史上划下很深的痕迹，如鸦片战争划出了整整一个近代文学的时期；某些政治变动则同文学的发展无甚干系，比如，我们从《台湾诗史》里根本看不出清代某个帝王的即位对于清代台湾诗究竟发生了什么影响。《台湾诗史》按照政治变动来划分清代台湾诗的阶段，却忽略了对清代台湾诗产生了深刻影响的政治变动（如鸦片战争、台湾建省）、忽略了台湾诗自身发展的轨迹（如诗钟、楹联、竹枝词等文体的创作风气对于台湾诗创作的影响，击壤派、同光体派等诗派在台湾的流风）[②]。

从台湾文学的实际情况出发，我不赞同将五四运动发生的1919年作为台湾近代文学和台湾现代文学分野的界线。我在《台湾近代诗人在福建·引言》指出：

① 刘登翰等主编：《台湾文学史》，上卷，第243页。
② 拙著《台湾社会与文化》，第245页。

在我看来，1923 年是台湾近代文学史的下限，也恰是本书所记诸多人事的截止之期。1923 年以后，开始有严格意义上的台湾现代文学作品出现，而连雅堂的《台湾诗乘》(1922 年出版)，是总结、总评包括台湾近代文学在内的台湾旧文学的著作。1895 年以后离台内渡的台湾近代诗人在 1923 年以前大都已驾鹤西去，少数尚健在者如黄宗鼎等，则已不在福建活动。[①]

政治变动以外的重大事件如社会运动同文学的关系，亦当实事求是地看待。

兹以 1945—1948 年间台湾的国语运动和台湾文学的关系为例。

光复初期(1945—1948)台湾的国语运动经历了官方筹划和民众自发并行的过渡阶段和语文学术专家主导的阶段，并且在官方、民众和专家的共同参与之下，成为在台湾全面推行国语、全面提升台湾民众的国语水准的社会运动。

与台湾国语运动同步、得台湾国语运动的配合，台湾文学在光复初期的几年间实行和实现了“文学的国语、国语的文学”的目标。

由此观之，光复初期(1945—1948)是台湾现代文学毕其功于一役的时期，国语运动对文学的推动是此一时期最为重要的文学史实。从 1945 年到 1948 年，台湾国语运动在台湾现代文学史上划出了一个“文学的国语、国语的文学”的时期。

临末，我想谈谈文学的周边文化关系同台湾文学史研究的关系。

我在上文分别从边缘文体与文学史料的收集、外部制度与文学史实的论述、圈外事件与文学历史的分期三个方面来讲述我在台湾文学史研究工作中的得失，为同道诸君提供若干参考的资讯和思考的线

① 拙著《台湾近代诗人在福建》，第 7 页。

索。

1999年，我有幸在福建拜会返乡参访的台湾学者李亦园教授。席间，李亦园教授赠我一册从台湾携带而来的学术论文集《从周边看汉人的社会与文化》（王崧兴先生纪念论文集）。李亦园教授认为我的研究方法有从周边看文学的倾向，嘱我阅读时留心王崧兴教授的方法论点。

李亦园教授在《从周边看汉人的社会与文化》一书的《代序》指出：

> 崧兴兄在海外任教做研究十八年之后，思想渐趋成熟，汇集融合他对少数民族以及汉人社会文化的心得，于是提出所谓“周边文化关系”的理论，企图以新的观点来解释华南以及台湾等汉族边缘的文化与周边诸少数民族的关系。这是一项很有创意的文化接触论点。放弃从前的汉族文化为中心的“汉化”观念，而着眼于汉族与周边少数民族互动以致相互影响及其历程的理解。[①]

从王崧兴教授“周边文化关系”的论点受到启发，我认为：文学边缘的文体、文学外部的制度、文学圈外的事件等因素同文学发生关联而构成的文学的周边文化关系，不是文学的身外之物，也不是文学史研究可以忽略的部分。

① 黄应贵、叶春荣主编：《从周边看汉人的社会与文化》，第2页，台湾“中研院”民族学研究所1997年版。

1826—2004：海峡两岸的闽南语歌仔册

一

闽南语歌仔册（又称闽南语歌仔簿、闽南语歌仔调、闽南语歌册、闽南语歌本和闽南语唱本等）是清代道光初年开始流行于海峡两岸之闽南语方言区（包括粤东潮汕地区、闽南地区和台湾地区）的一种说唱文学体裁。

英国牛津大学汉学家龙彼得（Riet van der Loon，1920—2002）教授尝谓：

> 歌册——所谓歌仔簿，包括叙事性民歌和说教与谐谑小唱。其中有男女轮流对唱的。最早的歌仔簿传本是一八二六年，仅是印成几页的小册子，但到本世纪福建（在台湾则直到三十年前）仍有人编述和出版。可惜没有可靠的依据证明这些歌怎样唱或诵。潮州的叙事性歌册则长得多，且印刷也较精致，现在也可以听到有的妇女会吟诵这些歌。[①]

龙彼得教授于此谈及闽南歌仔册之最早的版本和潮州的版本。从有关闽南语歌仔册版本之收集和收藏的报告看，现存最早的闽南语歌仔册确是“道光陆年刻”即1826年版的《新刻王抄娘歌》和“道光丙戌年新镌”亦即1826年版的《新传台湾娘仔歌》《新传桃花过渡歌》。这三种版本所标明的“新刻”“新镌”和“新传”诸语共同暗示：此前可能有更早的歌仔册版本。另一方面，尽管闽南语歌仔册《绣像上大人歌》（道光辛卯即1831年版）有“请问此歌谁人编，正

① 龙彼得:《古代闽南戏曲与弦管》，引自《明刊戏曲与弦管选集》，第6—7页，北京：中国戏剧出版社2003年版。

是潮州萧秀才”之语，《新刊台湾林益娘歌》（未标刊年）题注有“潮溪人”字样，但见于报告的“潮州的叙事性歌册”相当稀缺。我近从闽南某县收集并收藏潮州版歌仔册 20 种凡 46 册，兹报告拙藏之歌名、册数和书坊商号如下：

1. 新造竹箭误全歌（新编女秀才移花接木竹箭误），2 册，潮州李万利书坊；

2. 古板滴水记全歌，1 册，潮州李万利书坊；

3. 新造花会全歌，3 册，潮州李万利书坊；

4. 古板五虎征北全歌，1 册，潮州李万利书坊；

5. 古板冯长春全歌，1 册，潮州李万利书坊；

6. 古板上海案全歌，1 册，潮州李万利书坊；

7. 古板尼姑案全歌，2 册，潮州李万利书坊；

8. 古板玉如意全歌，1 册，潮州李万利书坊；

9. 古板宝鱼兰全歌，3 册，潮州李万利书坊；

10. 古板五星图全歌，2 册，潮州李万利书坊；

11. 古板万花楼全歌，4 册，潮州李鸿利书坊；

12. 古板秦雪梅全歌，3 册，潮州李鸿利书坊；

13. 古板紫荆亭全歌，2 册，潮州李鸿利书坊；

14. 古板双退婚全歌，4 册，潮州李鸿利书坊；

15. 新造游江南全歌，2 册，潮州李鸿利书坊；

16. 古板隋唐演义全歌，4 册，潮州李鸿利书坊；

17. 古板刘备招亲全歌，1 册，潮州李鸿利书坊；

18. 古板灵芝记全歌，1 册，潮州李鸿利书坊；

19. 古板锦香亭全歌，1 册，潮州李鸿利书坊；

20. 古板双白燕全歌，7 册，潮州李春记书坊。

现代学者和学术团体收集和收藏闽南语歌仔册的活动始于 1926

年，其时距现存最早的闽南语歌仔册的刊年（1826）恰是百年。陈万里教授《闽南游记》记：1926年12月26日在泉州“经道口街育文堂，颉刚（按，即时任厦门大学国学研究院教授的顾颉刚）为风俗调查会（按，指1926年12月13日成立的厦门大学风俗调查会）购得泉州唱本数十小册”。[①] 泉州道口街是当年泉州的书坊集聚之地，顾颉刚教授收集、厦门大学风俗调查会收藏的“数十小册”之“泉州唱本”应包括有闽南语歌仔册；1940年（日本昭和十五年）10月26日，“台北帝大东洋文学会”编印《台湾歌谣书目》（油印本），收闽南语歌仔册479种；1963年，李献章在东京《华侨生活》第二卷第8号发表《现存清末的闽南歌谣集》，据其所见之图书馆（英国牛津大学博得利图书馆、台湾省立图书馆等）和私家（石旸睢氏、杨云萍氏、伊能嘉矩氏等）藏本，记闽南语歌仔册52种；1965年，施博尔在《台湾风物》第十五卷第4号发表《五百旧本“歌仔册”目录》，记其在台南旧书店收集的闽南语歌仔册541种；2004年3月，施博尔即施舟人（K.M.schipper）当年在台南收集的541种以及在台中、新竹等地收集的数百种闽南语歌仔册正式成为福州大学西观藏书楼的馆藏。

作为一种活态文化（living culture），闽南语歌仔册迄今仍然存活于海峡两岸之闽南语方言区，存活于民间。例如，福建东山县渔家妇女于今仍然保持边织渔网、边听唱歌册的习惯，该县并曾设有出租歌册的书店。[②] 又如，福建泉州有些中老年居民至今还记得绰号“白雪雪”的艺人和他弹唱的歌仔（如《周成过台湾》等）。该艺人于20世纪50年代以唱歌仔兼卖“白雪雪”牙粉为业，但听唱并不必兼买牙粉，于是有“白雪雪”（在泉州方言里，“雪”之白读与“说”之

① 陈万里:《闽南游记》，第59页，上海：开明书店1930年出版。

② 报告人蔡永强，男，东山人，45岁，大学毕业，公务员。

白读同音，“白雪雪”语近“白说说”）的绰号。[①] 又如，有相当数量的各种版本的歌仔册迄今存留于海峡两岸民间。最近，我访见记述1935年泉州水灾的歌仔册《新刊泉州水灾歌》[②]、1957年11月台南自强书局出版的《歌仔调特集》第5、6辑和1960年10月新竹竹林书局再版的《曾二娘烧好香歌》。《歌仔调特集》第5辑收《孔子小儿答歌》《茶园相褒歌》《男女挽茶对答歌》《农场相褒歌》《男爱女贪相褒歌》《览烂相褒歌》《探歌探娘相褒歌》《白话收成正果歌》《小儿世间开化歌》《最新六十条手巾歌》《白贼七歌》和《娘㛪守节歌》，第6辑收《新开天辟地歌》《草绳拖阿公阿父》《侥倖钱开食了歌》《冤枉钱失得了歌》《连枝接叶歌》《家贫出孝子》《自新改毒歌》《天堂地狱歌》《畅大先痛后尾歌》和《人心不足歌》。《歌仔调特集》第5辑和第6辑封底均刊有台南华南书局《台湾通俗歌选集》的出版消息，该选集收《梁山伯祝英台》《方世玉打擂台》《相褒歌》《三国演义歌》和《劝世歌》。我近访见的《新刊泉州水灾歌》《歌仔调特集》和《曾二娘烧好香歌》，可以证实龙彼得“到本世纪福建（在台湾则直到三十年前）仍有人编述和出版”歌仔册之说（这里的“本世纪”指20世纪）。

① 报告人蔡湘江，男，泉州人，55岁，大学毕业，公务员。

② 《福建省志·大事记》（北京：方志出版社2000年版）第215页记：1935年6—9月，“福建发生大水灾。福安、清流、云霄、长乐、崇安、龙溪、惠安、晋江、泉州、安溪、德化、福州等地36个县、市受灾，面积17477平方公里，受灾人口174154户、842805人，因灾迁徙7884户，死亡5007人。财产损失折合银圆32194497元。以安溪县最重，该县下浦死亡多达1970人。”

二

某一母题（motif）在流传过程中经某些地区、某些阶段或时段甚至某些人物（书商、文人或艺人）之手而衍出种种传本：福建本、台湾本与潮州本，口头创作和口头流传阶段的口传本、文字记录阶段的抄本与印本，见古堂本、会文堂本与文德堂本等，这是叙事性闽南语歌仔册流传过程中的常见状况。同一母题之不同传本的原型和同型之辨，则是研究者常感兴趣的问题。

据我闻见所及，以“曾二娘”故事为母题的闽南语歌仔册除口传本外至少有 7 种传本。

1. 道光辛卯（1831）泉州道口街见古堂刻印《曾二娘歌》。

福州大学西观楼藏有此本。书之封页下端残缺，上端横书“道光辛卯年新镌”，竖写存留“新集”二字；书之首页文前有“绣像上大人歌，附刻新集录歌，泉城道口街见古堂书坊”字样，其中“录”字用俗体加有木旁；书收《绣像上大人歌》《十月怀胎劝孝》和《曾二娘歌》。此本书名似为《新集录歌》，《曾二娘歌》在当年应属新近集录的作品、新近的文字记录本。

《曾二娘歌》全文 80 句、560 字，情节略可分为生前、死后和还阳三个部分，思想内容则可归于“因果报应”四字。

2—3. 福州鼓山涌泉寺初刊《曾氏二娘经》、福州鼓山涌泉寺再刊《曾氏二娘经》。

福州大学西观楼藏有再刊本。书之封页有“辛丑中秋月再刊”和“原板鼓山内涌泉寺”字样。

《曾氏二娘经》全文 306 句、2142 字，故事情节和思想内容皆从道光辛卯本承继而来，但在生前部分增添了“佛祖化人门前过”的情节，死后部分关于“阴司”状况的描述更为详尽，还阳部分则增加曾二娘还阳后做“七日大功德”终使曾大娘亦得还阳的情节。较之道光辛卯本，此本故事情节更为丰富，人物形象更趋完美，用字用韵亦更加规范。显然，此本后出于道光辛卯本。

道光辛卯为 1831 年，此后的“辛丑”年有 1841 年、1901 年、1961 年等。福建的雕版业（包括福州鼓山涌泉寺的经板雕刻）在 1958 年以后已完全停止，再刊本标明的“辛丑”不可能是 1961 年，但可能是 1841 年，也可能是 1901 年，质言之，再刊本可能是道光辛丑本，也可能是光绪辛丑本。

再刊本之封面标明“原板鼓山内涌泉寺”，其正文当从“原板”印出。质言之，《曾氏二娘经》之初刊本和再刊本之正文出于同一“原板”。至于初刊之年，则因未见初刊之本而无从查考。

4. 福州鼓山涌泉寺刻印《曾二娘宝卷》。

谢水顺、李珽《福建古代刻书》所记清代至民国年间福州鼓山“涌泉寺刊刻的宝卷”里有《曾二娘宝卷》之目。[①] 经向谢水顺先生请教，谢水顺先生于 1995 年在鼓山涌泉寺所藏经板（共 11375 片）里曾见《曾二娘宝卷》。然而鼓山涌泉寺所藏经板在 1995 以后有部分损毁，《曾二娘宝卷》经板亦在其中，惜哉！

5. 民国四年（1915）福州鼓山涌泉寺刻印《曾二娘经》。

福建文史馆馆员郑丽生先生遗稿《鼓山外记》（手稿本）卷下《鼓山艺文记》第 56 页记：“《曾二娘经》一卷。民国四年刊本。”

6.1935 年台湾嘉义玉珍书局刊印《曾二娘烧好香歌》《曾二娘游地府歌》。此本乃将曾二娘故事分解为“烧好香”与“游地府”。

---

① 谢水顺、李珽：《福建古代刻书》，第 416 页，福州：福建人民出版社 1997 年版。

据1940年台北帝大东洋文学会编印的《台湾歌谣书目》（油印本），玉珍版《曾二娘烧好香歌》和《曾二娘游地府歌》的出版日期分别为1935年2月8日和3月6日。

7.1960年台湾新竹竹林书局铅印《曾二娘烧好香歌》（全三本）。此本分为上、中、下三本，“曾二娘”故事亦分为生前、死后和还阳三部分，故事情节和思想内容乃承《曾二娘经》而来，但篇幅扩大了一倍。全歌768句、5376字。

上记传本里，《曾二娘歌》是最早的民间本，亦是最早的福建本。由此出发可以排列两种过程。

一是从《曾二娘歌》到《曾氏二娘经》《曾二娘宝卷》《曾二娘经》，这是“曾二娘”故事从民间到佛门的流传过程，亦是闽南语歌仔册与佛教说经、宝卷一类作品互动趋同的过程:《曾二娘歌》宣扬佛教因果报应之说，佛门感念其宣扬的功效而编印《曾氏二娘经》《曾二娘宝卷》和《曾二娘经》;《曾氏二娘经》《曾二娘宝卷》和《曾二娘经》是佛教说经、宝卷一类作品，亦是闽南语歌仔册。在此一过程里，民间本是佛门本的原型，佛门本则是民间本的同型。

二是从《曾二娘歌》《曾氏二娘歌》《曾二娘宝卷》《曾二娘经》到《曾二娘烧好香歌》《曾二娘游地府歌》，这是“曾二娘”故事从福建本到台湾本的流传过程。在此一过程里，福建本是台湾本的原型，台湾本则是福建本的同型。

与“曾二娘”故事从福建本到台湾本的流传不同，“张秀英”故事的流传过程乃是从台湾本到福建本。

我曾见“南安清风阁游客抄录”“厦门会文堂书局发行”之《最新张绣（秀）英林无宜相褒歌》，又曾见《新刊秀英歌》（缺封页，刊年和书坊商号不详）。两者之刻印质量悬殊，显系出于不同书坊的两种传本。从《最新张绣（秀）英林无宜相褒歌》和《新刊秀英歌》所见之“四番户”“第八番户”“总督府”“总督”“日本王”和“日本兵”等语可以认定，“张秀英”故事的背景乃是日据时期的台湾。由此又可推论，“张秀英”故事之口头创作和口头流传阶段的口传本乃是台湾本，“张秀英”故事的台湾本乃是厦门会文堂本一类福建本的原型，厦门会文堂本一类福建本则是口传本即台湾本的同型。

我另曾见“厦门文德堂印行”“中华民国元年改订”之《增广长工、缚脚、天干、上大人、十二生肖歌》，该书附录《厦门文德堂发行各种新歌目录》中有《张秀英》之目。据此可知，“张秀英”故事在民国元年即 1912 年已有厦门文德堂印行的传本。此外，“厦门文德堂”代印之《摇鼓歌》（刊年不详）附录《文德堂批发各种最新诸歌目录》有《张秀英歌》之目;《新刊秀英歌》附录《本年敝局有刊各种新歌名目》里又有《最新秀英歌》,《新刊秀英歌》与《最新秀英歌》显然是出于同一书坊并且刊年相同的不同传本。而作为出于不同书坊的两种传本,《最新张绣（秀）英林无宜相褒歌》与《新刊秀英歌》刻印质量悬殊而内容文字无异。那么，出于同一书坊（“敝局”）并且刊年（“本年”）相同的《新刊秀英歌》和《最新秀英歌》在内容文字上有何不同?《张秀英》（厦门文德堂本）与《最新张绣（秀）英林无宜相褒歌》《新刊秀英歌》《最新秀英歌》诸传本之间有何关联?识者幸告!

三

在闽南语方言里，某些字有文读和白读两种读音（俗称读书音和说话音），文读音与白读音“交互为用，但又各司其职，几乎各自形成一个语音系统”[①];在闽南语方言区里，某些字的读音又有区域性的差异（俗称漳音、泉音和潮音），某种读音在某一区域通用而在另一区域不用或少用。[②]

利用闽南语文、白异读甚至训读和漳、泉、潮殊音的特点，变换使用文读与白读，变换使用漳音、泉音与潮音，这是闽南语歌仔册在用韵方面的两种手法。

兹从闽南语歌仔册《最新张绣（秀）英林无宜相褒歌》（厦门会文堂书局版）举例取证。

首先，在利用闽南语文、白异读甚至训读的特点，变换使用文读和白读来押韵方面，《最新张绣（秀）英林无宜相褒歌》有如下例证：

1.“朋友听唱就分明，闻名内胡张绣（秀）英。一身生水甲朕定，名声算来十分清”句之明、英、定、清押 [iŋ] 韵，其中“明”用文读 [cbiŋ] 而不用白读 [cbiã]，“定”用文读 [tiŋɔ] 而不用白读 [tiãɔ]；

2.“一仑过了又一仑，一身爱卜娘厝云。无看娘面心头闷，举头看见一火烟”句之仑、云、闷、烟押 [un] 韵，其中“烟”用白读 [chun]，而不用文读 [cian]（附带言之，其中“云”亦当用文读 [cun] 而不用白读 [chun]。此为泉音，意即游玩）；

3.“卜去乾山乜人兜，照实共我说透流。我通报尔行甲到，出外是我问遇头”句之兜、流、到、头押 [au] 韵，其中“流”用白读 [clau] 而不用文读 [cliu]，“到”也是用了训读 [kauɔ]；

4.“来去共娘斗挽茶，君身程脚店块坐。害娘心肝想甲牙，相似天顶云过月”句之茶、坐、牙押 [e] 韵，月押 [eʔ] 韵，其中“月”用

---

① 陈荣岚、李熙泰:《厦门方言》，第 39 页，厦门：鹭江出版社 1999 年版。

② 漳音、泉音和潮音的区别并非绝对的区别。某种读音多用、不用或少用于某区域是相对而言、大致而言的。例如，说、（讲）之 [se]、[ta]、[ka]、[k] 四种读音，[se 多用于泉而不用于漳、[ta] 多用于潮而少用于泉、[ka] 多用于泉而少用于漳、[k] 多用于漳而少用于泉；龙海属于漳而某些读音微殊于漳。

白读 [geʔɔ] 而不用文读 [guatɔ]；

5. “想卜恰娘挽同丛，一心问娘通不通。人人块说娘喜弄，看娘挽茶是调工”句之丛（株）、通、弄、工押 [aŋ] 韵，其中“丛（株）”用白读 [ctsaŋ] 而不用文读 [ctsɔŋ]，“通”用白读 [ctʻaŋ] 而不用文读 [ctʻɔŋ]；

6. “君你不信你就太，总督面前你就知。共君力入法院内，无好势头难得开”句之太、知、内、开押 [ai] 韵，其中“内”用训读 [laiɔ]，“开”用文读 [ckʻai] 而不用白读 [ckʻui]；

7. “头人劝和无劝开，平数风流大武堆。不论贫家人富贵，头人不判便退开”句之开、堆、贵、开押 [ui] 韵，其中“开”用白读 [ckʻui] 而不用文读 [ckʻai]；

8. “娘你会推君会数，不京蛤我乱乱呼。刺看何人会干苦，乜人头身困草埔”之数、呼、苦、埔押 [ɔ] 韵，其中“数”用文读 [sɔɔ] 而不用白读 [siauɔ]。

其次，在利用闽南语漳、泉、厦、潮殊音的特点，变换使用漳音、泉音和潮音来押韵方面，《最新张绣（秀）英林无宜相褒歌》有如下例证：

1. “本然是在阮只块，今日分开年久月。古早朋友爱相寻，全望朋友实实说”句之块、寻押 [ə] 韵，月、说押 [əʔ] 韵，其中说 [səʔɔ] 为泉音；

2. “照实言语共君说，君卜返厝着恰早。又惊警察来巡查，路头生疏着恰早”句之说、早、查、早押 [a] 韵，其中说 [tãɔ] 为潮音，说 [tãɔ] 在潮州皮影戏唱本里记为“旦”加“口”字旁的俗字，即“呾”字；

3. “契兄敢是当百总，恁翁敢是日本王。世头好用不使广，刺看何人变神通”句之总、王、广、通押 [ɔŋ] 韵，其中广 [ckɔŋ] 为漳音，

广 [ckɔŋ] 亦记为说（讲）。

《最新百花样歌》有如下例证：

4.“蜜蛇开花有一丛，盘古开天第一人。早日姻缘对面讲，父母袂骂哥即通”句之丛（株）、人、讲、通押 [aŋ] 韵，其中讲 [ckaŋ] 为泉音；

5.“是咱一时心慌忙，卖田卖厝不通广”句之忙、广押 [ɔŋ] 韵，广 [ckɔŋ] 为漳音或厦音，亦记为说（讲）；

6.“杨□开花成丛柏，遇着狂风吹一个。是卜是不照实说，免得乎哥恰别个”句之柏、说押 [eʔ] 韵，个、个押 [e] 韵，其中说 [seʔɔ] 为厦音。

《最新摇古（鼓）歌》有如下例证：

7.“要往何方紧紧去，不通在此相延迟”句之去、迟押 [i] 韵，其中去 [k'iɔ] 为漳音；

8.“放断心肝乎君去，相花我君心会如”句之去、如押 [ɯ] 韵，其中去 [k'ɯɔ] 为泉音；

9.“娘仔那卜相台举，那巧便宜也买尔”句之举、尔押 [ɯ] 韵，其中尔 [clɯ] 为潮音或泉音，尔 [clɯ] 亦记为你（汝）。

“凡字之尾音相类者为韵。字以韵而有所归；句以韵而得所叶。古无韵书，其谣谚歌诗皆由口音自然之调协。”[①] 闽南语歌仔册属于民间说唱文学，用韵不拘于韵书、但求“字之尾音相类”和“口音自然之调协”。韵之自然调协（俗称斗句、逗句和罩句）乃是闽南歌仔册“发作者之情、动读者之听”[②] 的魅力和动力之一。

闽南语歌仔册里常见用典之句，亦常有用典之作。例如，“宣统庚戌年印”“寄厦石埕集记兑”的《最新采茶相褒歌》有“仁贵射

① 王易：《词曲史》，第 238 页，北京：东方出版社 1996 年版。

② 王易：《词曲史》，第 448 页，北京：东方出版社 1996 年版。

死薛丁山”“仁贵困在白虎关”“第一尽忠包文拯”“三朝元老程咬金”“昭君艰苦乱弹琴”“三国一猛是吕布”“三国猛将赵子龙”“唐朝猛将尉迟恭”“钦差造桥在新庄”“蔡端去造洛阳桥”“七子挂帅是罗通”“牛郎织女是天仙”“三藏取经往西天”“八仙过海蓝采和”“王允用计献貂蝉”等32个用典之句。又如，“中华民国元年改订”“厦门文德堂印行”的《新样天干歌》以甲、乙、丙、丁、戊、己、庚、辛、壬、癸为序并起句，全歌40句凡280字，篇制短小而语涉吕蒙正发迹、伍员鞭尸、孟母教子、李旦落难、苏秦拜相、西施败吴国、王允计除董卓等10个文史典故。其中“庚字改来正是唐，金莲害死武大郎。奸天（夫）正是西门庆，报仇杀嫂是武松”句将当事之人潘金莲、武大郎、西门庆、武松及其兄弟、叔嫂、夫妇、奸夫淫妇、凶手苦主、仇家冤主之关系，以及事之始末（潘金莲与西门庆通奸、潘金莲害死武大郎、武松报仇杀嫂）概括完备。总而观之，《新样天干歌》颇近于中国文史典故的提要汇编。

中国文史典故往往富于劝世、劝善、劝学和劝业的说教意义，富于人情世故。闽南语歌仔册乃是中国文史典故和人情世故、文史知识和伦理道德的一种载体，是中华文化的一种载体。

我近访见泉州继成堂印行的《庚午年通书便览》一书，书之封页有“专售台湾”字样。据书之“参校门人”（共400名）名录，参与该书校阅的“台湾门人”有140名。“庚午年”为民国庚午（1929），时当台湾的日据时期。此一实证可以说明，大批的日据台湾时期在大陆印刷、在海峡两岸流传的闽南语歌仔册更可以证明：日据台湾时期，海峡两岸的文化交流并不曾“阻断”或“隔绝”。

四

我在《西观楼藏闽南语歌仔册〈台省民主歌〉之研究》[①] 一文已经指出，闽南语歌仔册作为读本可以看或读，作为唱本可以唱而听。

现在，我们来谈论闽南语歌仔册作为读本的用字和用语、作为唱本的声调和曲调问题。

从清代道光初年以来，闽南语歌仔册在流传过程中逐渐接近和接受闽南民间的白字（俗字）系统和用字规则。《最新十二碗菜歌》[②]（上海开文书局发行）末页有如下附言：

本局所编歌向以漳泉俗语土腔编成白话，故重韵而含义足、白字居多，俾得人人能晓、一诵而韵洽。兹时将本歌内中借用白字表出，祈阅者注意：加己作自己讲，代志作世事讲，卖字作不字讲，归大阵即大多数，最字作多字讲，绘字作快字讲，以字作透字讲，戠字作知字讲，不通作不可讲。

闽南民间的白字（俗字）系统乃由替代字和生造字构成。替代字的用字规则是拟声而不必拟义，因而某一字的替代字往往不止一种。例如，自己之“自”的替代字有“加”、又有“交”。“加”有文、白读 [cka][cke]，“交”也有文、白两读 [cka][ckau]。读者于此往往须选择判断，难得“一诵而韵洽”也。生造字有约定俗成的音、义，个中人谅能知之，“约”外之人又从何而“人人能晓”？

① 收拙著《闽台缘与闽南风》，福州：福建教育出版社 2006 年版。

② 据“台北帝大东洋文学会”《台湾歌谣书目》（1940 年 10 月 26 日油印本），《十二碗菜歌》是 1926 年 5 月 8 日在台湾发行的，发行人为王金火。我所见的有“台南博文堂发行”的《最新十二碗菜歌》和“上海开文书局（住海宁路天保里）”活字本《最新十二碗菜歌》。

《最新十二碗菜歌》是典型的“白字居多”的作品，几乎句句都用了替代字或生造字。歌中“交椅毒块是宣芝”（意为：每把交椅都是酸枝木做成的）、“甘蔗锡皮甲切科”（意为：甘蔗削了皮并切成块）、“瓜只加买即卖无”（意为多买些瓜子，宴会席间就不会供应不上）、“不通箱甜即有好”（意为：不可太甜，如此便好）、“人客小停就巢来”（意为：客人们稍会就全来了）、“肉皮着烧恰到赤，到赤碰皮即有额”（意为：烧猪皮应烧到更加近于赤焦，赤焦膨胀量就多了）、“毒碗共阮煮伊好”（意为：每碗都为我们煮得好好的）、“长城个烟野卖呆”（意为：长城牌的香烟相当不错）一类句子比比皆是。

从闽南语歌仔册用字方面的此一状况看，闽南语歌仔册作为读本的流行范围不能不囿于闽南语方言区也。

闽南语歌仔册某些用语如《新样缚脚歌》（“中华民国元年改订”“厦门文德堂印行”）用“肉粽”喻缠缚而成的小脚，新奇而又粗鄙。郑振铎尝谓：

（俗文学）的第四个特点是新鲜的，但是粗鄙的。她未经过学士大夫们的手所触动，所以还保持其鲜妍的色彩，但也因为这所以还是未经雕斫的东西，相当的粗鄙俗气。[①]

新奇的用语值得欣赏，粗鄙的用语不足诟病。然而，闽南语歌仔册的读者往往要对某些音、义不明的用语揣摩再三。

例如，《新样缚脚歌》有“爱子来缚脚，情理讲一抛”句，《国语对台湾话新歌》（基隆市杨德明编）有“搁念一抛卜来宿”和“野阁

① 郑振铎：《中国俗文学史》，第3页，北京：东方出版社1996年版。

二抛著尾后”句。闽南语歌仔册常用的“抛”音、义如何？从“爱子来缚脚，情理讲一抛”看，抛押 [a] 韵；从“一抛”“二抛”看，“抛”为量词。我曾见《改良畅所欲言》（杨介人著，泉州绮文居 1917 年石印）一书里有“大抛绥”之语，“抛”亦为量词。据《厦门方言词典》（江苏教育出版社 1998 年版）“抛”读为 [p ‘a]。闽南语常用“抛”作灯、绥、尾巴的量词，也可作为诗文段落或章节的量词，“一抛”即一段或一节。

又如，《最新百花歌》有“世间做人真荒花”句。“荒花”一语怎么读、什么义？闽南语方言区年老于我、年长于我的许多老人多已不知其音、义。我近见台湾某学者在其谈论闽南语歌仔册的文章里亦为“荒花”一语纳闷。但此公似乎已无研究“荒花”音、义的兴趣，转而侈谈其“台语”脱离“华语”之论：“（荒花）等词，则明显是由华语直接借用而来，就台湾的一般口语而言，也是格格不入的。相对地，台湾的书写读来则大多通畅无阻，这显示台湾的歌仔册书写已渐脱离其所从来的源头。”此番言论即使在学术上也是不确之论。政治的偏见往往导致学术的倾斜，此其例也。实际上，“荒花”一语在闽南语里曾是常用语，《新刻过番歌》（“南安江湖客辑”“厦门会文堂发行”）也有“荒花留连数十载”句。据 1899 年出版的《厦门闽南语之汉英词典》（Chinese-English Dictionary of the Vernan Language of Amoy）第 2 版第 136 页，“荒花”音为 [haŋ hue]，意为凄凉即无助的（desolate）、无用的（laid waste）、凌乱即无序的（all in disorder），无助、无用而无序，意近于“无奈”。

又如，《台省民主歌》一再使用“龟里”之语。今之读者亦多困惑于其音、义。厦门大学出版社最近出版的《吧城华人公馆档案丛书：公案薄（第二辑）》附录《18—19 世纪印尼华文中的外来语初探》

于“龟里”条下记：“[泰、马]，kuli，苦力”。[1]原来，“龟里”是闽南语方言里的外来语（泰米尔语、马来语），意为“苦力”，即重体力劳工。“苦力”在今之闽南语方言里仍是常用语，“苦力”拟音并且拟义，比拟音而不拟义的“龟里”更为接近读者。

与读者对于作为读本的闽南语歌仔册之要求不同，听众对于作为唱本的闽南语歌仔册之要求是：唱起来好听。除了说唱者的音色，除了押韵即相同或相近的音有规律地重复出现而形成的旋律，音长、音强和音高有规律地重复出现而形成的旋律也是作为唱本的闽南语歌仔册“唱起来好听”的魅力之所在。音长、音强和音高有规律地重复出现，可以表现为声调的旋律和曲调的旋律。在声调方面，我们在闽南语歌仔册里几乎完全找不到利用声调之长短、强弱、高低即声之平仄的变换来形成旋律的例子。但在曲调方面，我们有“可靠的依据证明这些歌怎样唱”。例如，福建部分图书、文化馆（站）的收藏品里有20世纪20—30年代由新加坡德商兴登堡唱片公司、20世纪50—60年代由台北环球唱片公司出品的《周成过台湾》《詹典嫂告御状》《采茶相褒歌》《蔡端造洛阳桥歌》《大伯公歌》《安童闹》《无影歌》等闽南语歌仔册的唱片数十种。又如，1984年启动的“中国民间文学三套（故事、歌谣、谚语）集成”的采编工作中，福建泉州的文艺工作者记录了《病团歌》《采茶歌》《长工歌》等闽南语歌仔册的曲调，并收录于《中国歌谣集成·福建卷（鲤城区分卷）》[2]。又如，闽南地区至今仍有居民熟悉歌仔册的曲调。吾友蔡永强先生和蔡湘江先生分别是东山人和泉州人，他们都知晓闽南语歌仔册“怎么唱”。

① 袁冰凌、苏尔梦校注：《吧城华人公馆档案丛书：公案薄（第二辑）》，厦门：厦门大学出版社2004年版，第424页。

② 泉州市鲤城区民间文学集成编委会1992年8月编印，非正式出版物。

以上，我简要地谈论闽南语歌仔册之版本的收集和收藏、传本的原型和同型、文本的用韵和用典、读本的用字和用语及唱本的声调和曲调诸问题。在我看来，闽南语歌仔册的研究应提升及于学术研究的基本水准。我愿与海峡两岸同道诸君勠力为之。

关于闽南语皮（纸）影戏本的研究——读《欧洲汉学研究会不定期刊》第2辑

一

1979 年，《欧洲汉学研究会不定期刊》（*Occasional Papers, European Association of Chinese Studies*）第 2 辑在法国巴黎出版。

该辑收文三种，均为研究闽南语皮（纸）影戏本的经典之作：

1.《中国皮（纸）影戏本的收集与编目》（*Une Collection De Manuscrits De Pièces De The éa□tre Dòmbres Chinoises*），法文稿，施博尔（另一中文名为施舟人，Par Kristofer Schipper）著。文章分《介绍》《目录》《分类目录》和《附录》。

文章首次报告作者于 1968—1969 年间在台湾收集闽南语皮（纸）影戏本的成绩，并公布作者所收 198 种闽南语皮（纸）影戏本之篇目。

施博尔（施舟人）现任福州大学特聘教授。

本文所记 198 种闽南语皮（纸）影戏本今收藏于施博尔（施舟人）、袁冰凌教授伉俪创办的福州大学西观藏书楼。

2.《抄本刘龙图戏文跋》，中文稿，饶宗颐著。

本文略考施博尔（施舟人）所收闽南语皮（纸）戏本《刘龙图》和《刘昉骑竹马》里的主角刘昉，以及《萧端蒙打死江西王》（55 页本和 71 页本）、《江西王》和《萧端蒙》里的主角萧端蒙之籍里和身世，并且论及闽南语方言区之“方音”和“方文”。

本文之末署“饶宗颐，1979 年 4 月于法京。”

3.《朱文：一个皮（纸）影戏本》，英文稿，龙彼得（Piet Vander Loom）著。文章分《导言》、闽南皮（纸）影戏《朱文》校本、《校勘记》和《词汇小录》。

本文据施博尔（施舟人）所收闽南语皮（纸）影戏《朱文走鬼》

之50页残本、56页残本、71页残本和19页残本以及美国洛杉矶加州大学文化历史博物馆所藏另一种残本，详加校勘，并整理为《朱文》校本。

施博尔（施舟人）、饶宗颐和龙彼得三教授均是国际著名学者，他们的参与，提升了闽南语皮（纸）影戏本之研究的学术水准。

二

施博尔（施舟人）《中国皮（纸）影戏本的收集与编目》记：

> 本目录介绍的198本皮（纸）影戏抄本是我在1968—1969年的两年时间里收集到的。它们原来是台湾南部高雄县弥陀乡和阿莲乡的两个皮（纸）影戏世家的戏本，其中共有一百多种不同的戏剧。但具体有多少种很难估算，因为每个出目的算法不同。所有这些抄本是用很接近潮州话的闽南语写的，年份最早的抄本是1818年的，其他大部分是清光绪年间的抄本。还有一小部分是二战以后抄的，它们书法很差，剧情也被简化了。[①]

又记：

> 本收藏的来源有两处：一个是弥陀乡的蔡龙溪，一个是阿莲乡的陈贮。不过，我从他们两位得到的抄本都是他们久已不用的本子。这些破烂的老本子被放在一个竹篮里，吊在屋顶的屋架子上慢慢霉烂。

① 译自《欧洲汉学研究会不定期刊》（*Occasional Papers*，*European Association of Chinese Studies*）第2辑，第7页，1979年，巴黎。译者袁冰凌。

我得到它们时，有的本子已经破烂不堪。皮（纸）影戏家不再使用这些脚本的原因之一，是它们大部分都是“文戏”本。当时已没人喜欢看文戏，大家都爱看“武戏”的闹场。“文戏”长长的唱曲已经没有人会唱，万一有机会看一出“文戏”，演戏的人已经不知道那些“曲牌”，所有的曲子都是用一样的音调，皮（纸）影戏家把这个调子叫做“师公调”。奇怪的是，道士（即师公）有时候也用这个调子，但他们管它叫“皮猴仔调”！孰是孰非，如今已无人能解这一段公案。真正的文戏传统已经中断太久了。现在台湾南部的皮（纸）影戏常用两个演员，他们最常演出的机会，一是在婚礼上举行的“拜天公”仪式，二是七月的普度法会。虽然演戏用的是台湾腔，但在话语之间还时不时保存了一些原有潮州话的遗迹。①

这里，我愿提供两则资讯以补充说明：台湾台南（安平）也有皮（纸）影戏流行的历史记录、台南（安平）的皮（纸）影戏“最常演出的机会”亦是喜庆和普度。

1. 清嘉庆二十四年腊月（1820）勒石的台南《善济殿重修碑记》谓：

禁：大殿前埕，理宜洁静，毋许科积以及演唱影戏，聚众喧哗，滋事株累未便。②

2. 日据台湾初期成书的《安平县杂记》于“风俗现况”条下记：

① 译自《欧洲汉学研究会不定期刊》（*Occasional Papers*，*European Association of Chinese Studies*）第 2 辑，第 9—10 页，1979 年，巴黎。译者袁冰凌。

② 引自黄典权编：《台湾南部碑文集成》，上册，第 216 页，《台湾文献丛刊》第 218 种。

酬神唱傀儡戏，喜庆、普度唱官音班、四平班、福路班、七子班、掌中班、老戏、影戏、车鼓戏、采茶唱、艺旦唱等戏。[①]

施博尔（施舟人）收集的闽南语皮（纸）影戏本总目为：

1. 伍子胥 /2. 四结义 /3. 四结义下本（粗字本）/4. 赵孤儿（合盛班）/5. 赵孤儿 /6. 姜诗 /7. 秦金和（道光本）/8. 秦金和 /9. 秦金和（光绪本）/10. 薛武忠 /11. 薛武忠 /12. 李德武（合盛班）/13. 李德武 裴雪英 /14. 李德武 /15. 李渊建唐（合盛班）/16. 李渊建唐 /17. 李世民观花 /18. 李世民吊玉带 /19. 罗通扫北 /20. 秦叔宝 /21. 刘全进瓜 /22. 刘全进瓜（光绪本）/23. 刘全进瓜（粗字本）/24. 伍云召；薛仁贵征魔天岭 /25. 伍云召（钟天金）/26. 薛仁贵征 东征西 /27. 薛仁贵征东征西 /28. 朱雀关红水阵（粗字本）/29. 薛仁贵 /30. 看凤凰 /31. 薛丁山 /32. 梨花三擒丁山 /33. 薛丁山（粗字本）/34. 薛丁山征西（邱金友）/35. 薛丁山征西 /36. 金光阵（合盛班）/37. 金牛关铜马关（合盛班）/38. 樊梨花收土杀精（钟天金）/39. 薛刚进长安；收乌龟收骡头（杨 荣）/40. 薛刚看花灯 /41. 薛刚复仇 /42. 尉迟恭投军 /43. 尉迟恭投军（钟天金）/44. 打梨门下 /45. 大破转轮阵 /46. 先锋印（合盛班）/47. 梅月英 /48. 秦汉盗宝伞（粗字本）/49. 薛金莲陈情 /50. 刘瑞刘仁用计（粗字本）/51. 李旦逃走汉王城 /52. 女人国；李靖收妖 /53. 二度梅 /54. 二度梅（杨荣）/55. 二度梅 /56. 陈杏元和番 /57. 二度梅 /58. 二度梅 /59. 裴忠庆 /60. 裴忠庆 /61. 李景三家归宋；陈成文铁拐仙下凡 /62. 宋玉祖征南唐 /63. 杨文广平南闽十八洞（钟天金）/64. 金贞黄河（邱金友）/65. 杨文广平南（合盛班）/66. 杨宗保 /67. 三合明珠宝剑

① 引自佚名：《安平县杂记》，第 15 页，《台湾文献丛刊》第 52 种。

（钟天金）/68. 三合明珠宝剑（钟天金）/69. 狄青平西辽；李文龙；破三关 /70. 狄青平西辽 /71. 冯叟；郭春花（钟天金）/72. 五鼠闹东京 /73. 五鼠闹东京 /74. 五鼠闹东京（钟天金）/75. 包公案 /76. 宋仁宗认母审郭槐 /77. 沈国清告御状 /78. 金本荣（邱金友）/79. 张选（合盛班）/80. 金龟记 /81. 金龟记（同治本）/ 82. 师马都（粗字本）/83. 师马都（杨荣）/84. 师马都 /85. 师马都（合盛班）/86. 师马都 /87. 师马都（嘉庆本）/88. 西亭会 /89. 高文举 /90. 高文举 /91. 高文举；苏秦（粗字本）/92. 崔文瑞 /93. 崔文瑞 / 94. 崔文瑞 /95. 陆凤阳慈云走国 /96. 陆凤阳兹云走国 /97. 陆凤阳上本（杨荣）/98. 禁五王 /99. 禁五王下本 / 100. 李彦贵 /101. 李彦贵 /102. 李彦贵（乙亥年本）/103. 李彦贵（合盛班）/104. 王飞豹（钟天金）/105. 刘龙图（光绪本）/106. 刘昉骑竹马 /107. 蒙龙 /108. 义顺良（合盛班）/109. 义顺良 /110. 义顺良 / 111. 楚碧月（光绪本）/112. 楚碧月 /113. 楚碧月（粗字本）/114. 楚碧月 /115. 箫端蒙打死江西王 /116. 箫端蒙打死江西王 /117. 江西王 / 118. 萧端蒙 /119. 施举鲁想计往京 /120. 高良德（邱金友）/121. 高良德 /122. 高良德 /123. 高良德 /124. 秦勇江（咸丰本）/125. 秦勇江 / 126. 杀九夫（钟天金）/127. 章达德（道光本）/128. 章达德 /129. 郭宗岐往京 /130. 冯长春（合盛班）/131. 冯长春（光绪本）/132. 崔学忠 /133. 崔学忠（咸丰本）/134. 崔学忠 /135. 高亮云 /136. 高亮云 / 137. 高良云（粗字本）/138. 秦大游（粗字本）/139. 何月枝与马清秀 /140. 孟丽君 /141. 郭春花 /142. 郭春花 /143. 凤娇会李旦（杨荣）/ 144. 苏云 /145. 苏云 /146. 苏云 /147. 白蛇传 /148. 白蛇传 /149. 东周列国志；白蛇传；王万春 /150. 白蛇传 /151. 商辂征番（光绪本）/ 152. 商辂征番 /153. 商辂征番 /154. 商辂（钟天金）/155. 商辂（杨荣）/ 156. 秦雪梅；高文举 /157. 秦雪梅 /158. 雪梅守节 /159. 雪梅调教（粗字本）/160. 陈可通（粗字本）/161. 陈可通 /162. 马成龙征番；孙

悟空/163. 孟日红割股/164. 孟日红割股/165. 孟日红/166. 孟日红/167. 八窍珠/168. 三结义/169. 三结义/170. 三结义/171. 三结义/172. 刘月鹤/173. 吕简清包李陆（道光本）/174. 吕简清/175. 吕简清（粗字本）/176. 斩吴应；朱文走鬼（邱金友）/177. 朱文走鬼；杨义臣/178. 芦林会；朱文走鬼（粗字本）/179. 朱文走鬼/180. 杨义臣/181. 刘明（合盛班）/182. 刘明/183. 刘明/184. 刘璞（钟天金）/185. 刘璞；杀九天（杨荣）/186. 姑换嫂/187. 李锡隆（光绪本）/188. 方表/189. 毛遂凤（咸丰本）/190. 钱秀华/191. 钱秀华/192. 钱秀华/193. 郭记春/194. 华光天王/195. 白荔芝（邱金友）/196. 薛荣往京/197. 董荣卑（粗字本）/198. 海瑞先生斩奸臣。

另据龙彼得《朱文：一个皮（纸）影戏本》的注解，洛杉矶加州大学文化历史博物馆“藏有 80 种皮（纸）影戏本（包括 8 种副本），它们原先为高雄县弥陀乡的皮（纸）影戏演员蔡龙溪所有”。[①]

三

饶宗颐《抄本刘龙图戏文跋》谓：

施君所集诸册得自台南，故悉题曰闽南皮（纸）影戏，然刘昉原籍在今潮安，萧端蒙原籍在今潮阳，均与福建无关，此刘、萧二出，应是潮州当地纸影戏本，后来辗转传入邻省者。[②]

① 译自《欧洲汉学研究会不定期刊》第 2 辑，第 90 页，译者汪思涵。
② 引自《欧洲汉学研究会不定期刊》第 2 辑，第 73—74 页。

这里涉及一个问题：潮州与福建的关系，包括潮州皮（纸）影戏与福建皮（纸）影戏的关系。

在我看来，潮州与福建的关系不仅在于潮州在历史上“曾一度归属福建”①“漳州与潮州比邻,语言风俗多半相同”②,还在于潮州府与福建漳州、泉州和台湾各府同属于闽南语方言区。以此衡之，“闽南皮（纸）影戏本”既然不能包括潮州皮（纸）影戏本，当然也不能包括台湾皮（纸）影戏本；而“闽南语皮（纸）影戏本”则完全可以涵盖闽南语方言区（包括今之潮、汕、漳、泉、厦、台等地）之皮（纸）影戏本。

同属于闽南语皮（纸）影戏的潮州皮（纸）影戏同闽南皮（纸）影戏、台湾皮（纸）影戏之间应该有某些历史或艺术的关联。龙彼得《朱文：一个皮（纸）影戏本》已论及此一问题，略谓：

> 最早提及皮（纸）影戏的是1820年一个纪念台南寺庙修复的碑刻。大社村的一个家庭称将这个传统延续了五代，但这不会早于19世纪早期。尽管这个家庭和我见过的其他皮（纸）影艺人都认为自己的先祖在福建漳州府，但通常认为他们的艺术来源于广东的潮州。可惜并没有物质证据证明这种信念。在潮州，最早提到皮（纸）影戏是在1763年，但在几十年前皮（纸）影戏已经式微。③

应该指出，福建存世最早的方志《三山志》(1182）已提及皮（纸）影戏的雏形。该书卷四十《土俗类二》于“上元”条下记：

---

① 唐文基:《福建古代经济史》，第109页，福州：福建教育出版社1995年版。

② 许地山:《窥园先生诗传》，引自《窥园留草》卷首，北京：和济印书局1933年印本。

③ 译自《欧洲汉学研究会不定期刊》第2辑，第81—82页，译者汪思涵。

灯球　燃灯，弛门禁。自唐先天始，本州准假令三日。旧例：官府及在城乾元、万岁、大中、庆成、神光、仁王诸大刹，皆挂灯球、莲花灯、百花灯、琉琉屏及列置盆燎。惟左右二院灯各三或五，并经丈余，簇花百其上，燃蜡烛十余炬，对结采楼，争靡斗艳；又为纸偶人，作缘竿、履索、飞龙、戏狮之像，纵士民观赏。朱门华族设看位，东、西衙廊外，通衢大路，比屋临观。仍弛门禁，远乡下邑来游者，通夕不绝。①

这里所记“纸偶人”“作缘竿、履索、飞龙、戏狮之像”，分明是皮（纸）影艺术，是皮（纸）影戏的雏形。由此而进一步，以“纸偶人”之“像”饰演故事，则是十足的皮（纸）影戏也。

漳州地方文献也有当地皮（纸）影戏的历史记录。如：

1. 徐宗干（时任汀漳龙道，任所在漳州）《小浣霞池馆随笔》（1844）记：

在任五月，绅民于三月初九日为余祝五旬生日。沿门悬采，比户焚香，灯戏三日，禁之不止……动谓漳南乱民，民情之厚，孰有如漳南者乎！②

这里所记“灯戏”，即皮（纸）影戏也。

2. 陈鉴修《龙溪新志》（1945）记：

漳属影戏所演《乌鸦记》一出，闻系清道咸间安溪县事。有奸夫淫妇图害本夫，强醉以酒，而以竹叶青蛇置竹筒中，灌入其腹而致

① 梁克家：《三山志》，第 783 页，北京：方志出版社 2003 年版。
② 徐宗干：《斯未信斋杂录》，第 15 页，《台湾文献丛刊》第 93 种。

死。当下手时，适为偷儿陈老三所见。后邑令白公微服私访，有鸦向公哀鸣。公心动，随之而行，至老三家始得其情。谳乃定，陈老三后随公至厦改业商，性豪爽不拘小节。[①]

3. 陈虹（1934 年曾入漳州芗潮剧社为演员）《岁月回眸》记：

芗潮（剧社）遵照（中共）党组织的指示，除演出话剧外，还运用弹词、歌曲、纸影戏、歌谣、连环画、标语进行宣传。[②]

又记：

“芗潮”的演出形式是多种多样的……有话剧，又有纸影戏。[③]

饶宗颐《抄本刘龙图戏文跋》和龙彼得《朱文：一个皮（纸）影戏本》都以相当篇幅谈论闽南语皮（纸）影戏本的“方音”和“方文”。饶宗颐谓：

刘龙图写本别字垒垒，如……太行山作太降山，唐山作长山……皆为潮音沿讹。其俗字或书偏旁……或讹其半体……皆字书所无，不特可推究方音，且保存“方文”（此谓 Local scipt，与方言实同样重要），可为俗字谱添入不少资料，言小学者不应以其鄙俚而轻视之也。[④]

① 陈鉴修：《龙溪新志》，第 75 页，漳州市图书馆藏 1982 年油印本。
② 陈虹：《岁月回眸》，第 11 页，福州：海峡文艺出版社 1997 年版。
③ 陈虹：《岁月回眸》，第 2 页，福州：海峡文艺出版社 1997 年版。
④ 《欧洲汉学研究会不定期刊》第 2 辑，第 74 页。

闽南语方言俗字通用于闽南语各种戏本、话本和歌册，其构成包括生造字和“别字”（即拟音替代字）。龙彼得《朱文：一个皮（纸）影戏本》之《词汇小录》（Short Glossary）[①] 所收“别字”（拟音替代字）略可分为三类。

1. 同音替代字，如：

夭 iau，yet，still

伊 i，he，she，his，her

那 na，only，if，when

2. 近音替代字，如：

乜 mih，what，which

莫 boh，do not！

通 t’ang，may，should

3. 俗读音替代字，如：

只 tsi，this，these

阮 guan，we，my

郝 lan，we（inclusive）

龙彼得相当关注闽南语方言之潮音与漳音的区别，并试图由此发现“我们的戏本（按，指闽南语皮[纸]影戏《朱文》的几个抄本）”采用的是潮音或漳音。他说：

我们能不能发现使用的是哪种闽南方言呢？根据皮（纸）影戏的传承，我们可以将研究范围限制在漳州和潮州。另外，有些证据可能反映的是后来抄写者、而非最初表演者的方言情况，我们不需要太重视这些证据。比如，我在注释中列出的用“以”代替“与”，这两个

① 见《欧洲汉学研究会不定期刊》第 2 辑，第 92 页。

字只在漳州话中有相同的发音，容易混淆。类似的例子还有用“如”代替“而”。

韵律方面的证据应该更为突出，因为它们的出现有规律。剧中最常见的韵是 -i，包括用鼻音和喉音的尾字，比如：pi 比，li 离，si 世，ki 期，pî 遍，tî 天，tsî 箭，kî 见，mih 乜，lih 裂，tsih 接。这些，还有其他许多字在潮州和漳州话中都押韵。但是在 -i 韵中有两组字能够证明，戏剧使用的更像是其中某一种方言（或方言类别）。第一组如下：

	去	语	间
漳州	k’i	gi	li
潮州	k’ui	gui	lui

显然漳州方言更为合适。但也不能不考虑潮州方言，因为“去”在《荔枝记》和《金花女》中都有 -i 韵；“间”在《金花女》和其他一些潮州歌册中也有 -i 韵。还有，海丰和陆丰方言中，这些字似乎也有 -i 的尾音。第二组如下：

	妻	栖	继	系	缔	递	第	地
漳州	ts’ei	sei	kei	hei	t’ei	tei	tei	tei
潮州	ts’i	si	ki	hi	t’i	ti	toi	ti

初看时，潮州发音似乎符合要求。但双元音 -ei 中的次元音也可能押韵，就像“金花女”常以 - ui 押 -i 韵一样。[①]

又说：

由于证据不足，认定我们的戏本采用的是两个主要方言中的一种

① 译自《欧洲汉学研究会不定期刊》第 2 辑，第 87—88 页，译者汪思涵。

是武断的。还有可能的是，该剧采用了中立的舞台语言；早期潮州方言；或是像潮安和今天云霄（都在漳州府南部）方言这样的过渡方言，据说潮州语言和音乐在这些地方影响很大。[①]

龙彼得还注意到闽南语皮（纸）影戏本《朱文》里的某些“官音”即文读音。

实际上，交换使用潮音和漳音、文读音和白读音以合于押韵的要求，这是闽南语戏本、话本和歌册常用的手法。

现在来谈论皮（纸）戏表现形式上的一种优势。我们以朱文、刘龙图和上文已经提及的“漳属影戏《乌鸦记》”为例 。

龙彼得在《朱文：一个皮（纸）影戏本》里首先介绍故事情节：

书生朱文与年轻女子同行赴京赶考。女子抱怨路途辛苦，只得决定暂留在一个尼姑庵里。她给朱文一个绣盒作为定情信物，并提出在一个叫做史五云的人开的大客栈里同朱文会合。

在下一场景中，史五云拿着祭品奠祭他刚去世的女儿一贴金。他回忆起十六年之前在凤凰山求嗣怎样如愿；接着又哀叹他和妻子现在变得无儿无女。

朱文到了客栈，但想要赶快进京。于是他把绣盒托付给史五云，解释说这个绣盒是在凤凰山附近草店遇见的女子所赠，而且尽管朱文已经结婚，这名女子仍要跟随。史认出了绣盒，告诉朱文这个绣盒是他放进女儿棺材里的。当朱文看到他女儿的画像时，就知道自己成为了鬼的受害者。

这更坚定了他尽早离开的决心。朱文懊恼自己的经历，但他在路

① 译自《欧洲汉学研究会不定期刊》第 2 辑，第 89 页，译者汪思涵。

上遇见了那名女子，她设法使朱文相信自己不是鬼。她告诉朱文，她并没有死，只是在十六岁那年被发现与父母的星相相克，于是被送到凤凰山修行。当父亲听说她与陌生人做出丑事，便决定当她如死了一般。尽管朱文觉得难以相信这个故事，他最终还是屈服于女子的魅力。欣喜重聚后的情侣又踏上了旅程。他们到了一个大寺庙，谁知住持是昆仑山的蛤蟆精。受到周到款待后，他们祈求神佛的保佑。住持看上了年轻的妻子，用毒酒害死了朱文。但他的妻子拒绝了住持的求爱并同他斗法。尽管也能施升天法术，她还是斗不过住持，于是她唤出土地神，询问对手的身份。接着她唤出天上的护法将军，在一场大战后擒住了蛤蟆精。

朱文的妻子使朱文复生，告诉他自己是玉皇大帝派给他的仙女。现在期限已满，在挥泪的场景中，她回到了天庭。

这时，朱文真正的妻子在家中苦苦思念。而朱文则在离家三年之后高中状元回了家。[①]

刘龙图的故事梗概为：刘昉赴京参加考试。途中借宿于吕家。吕家主人名庆，妻已故亡，膝下只有一女，名唤玉姬，年方十六。吕庆计划召婿上门。不料，当地南山古庙有一狗怪，每年在当地强娶并杀害一名美女。今年厄运临于吕玉姬。当晚，刘昉杀了狗怪。接着又释放樟、柳、松三鬼，三鬼送刘昉竹马（即一支竹子）。刘昉骑上竹马，很快到了京城。经会试、殿试，喜得高中，官拜龙图学士。居官期间，刘昉几次骑竹马回家私会妻子。父、母察觉。其母试骑竹马，竹马失其神效。刘昉施法术推延时间。回京后被贬，赴任潭州，大战妖精。妖精附身于娘娘，设计陷害刘昉。观音下降，刘昉获救。奉旨回

① 译自《欧洲汉学研究会不定期刊》第2辑，第75—76页，译者汪思涵。

乡，途中拜访吕庆。回家团圆。

在朱文、刘龙图和《乌鸦记》三个故事里，朱文邂逅的女子施升天法术、腾云驾雾在空中同蛤蟆精大战，刘昉骑竹马飞行于天上，乌鸦则按照剧情安排的时间和路线出场、鸣叫和飞行，这些场景在其他戏剧难以表现，于皮（纸）影戏则易如反掌。

临末，我要特别对已故龙彼得教授表示深切的敬意。

龙彼得教授的学术生涯充分体现了严谨治学的精神，“学术界的朋友都知道，龙先生治学态度极其严谨，惜墨如金，片言只语都不允许有任何歧异，有些时候几乎近于苛刻”[①]。我们在《朱文：一个皮（纸）影戏本里》也看到了龙彼得教授严谨治学事例。如，龙彼得教授提及“嘉庆二十四年腊月初一日”勒石的台南《善济殿重修碑记》时，准确地标其勒石之年为 1820 年（嘉庆二十四年为 1819 年，但嘉庆二十四年十二月初一日为 1820 年 1 月 26 日）。

龙彼得教授于 2002 年 5 月 22 日病逝，享年 83 岁。

愿海峡两岸学者共同纪念他，学习他，勠力推展闽南语皮（纸）影戏本之研究。

① 郑国权：《〈明刊戏曲弦管选集〉校订本出版前言》，引自《明刊戏曲弦管选集》，卷首第 11 页，北京：中国戏剧出版社 2003 年版。

《台湾诗报》与现代时段的台湾旧文学
——兼谈史料解读的三重取向

一

1922年3月，顾颉刚在《中学校本国史教科书编撰法的商榷》[①]一文里举出了一连串的“轻／重”双元结构，如：记载全人类活动的普通史／完全的政治史、政治以外的各种社会的史料／政治史料、全人类活动的状况／政治上的沿革系统、科学史艺术史的专材／普通史的通材、独具只眼的《论衡》／荒谬绝伦的纬书、正史官书／野史笔记、圣贤经训／民间谚谣、官制的变迁／科举的情况、国家组织／家庭组织、精心结构的文章／辞句粗浅的二黄和梆子、各代兴亡／民族离合、记忆各时代的故事／求知各时代的社会心理，以说明旧编中学中国历史教科书畸轻畸重的缺点和新编中学中国历史教科书宜轻宜重的要点。

吾人于此当试思之，台湾现代文学史的研究是不是也有某些畸轻畸重的缺点、某些宜轻宜重的要点呢？

让我借用顾颉刚式的“轻／重”双元结构来答问。

就台湾现代文学史研究的现状而言，现代时段的台湾旧文学／现代时段的台湾新文学，乃是其畸轻畸重的缺点之一；关于现代时段的台湾旧文学的成论／关于现代时段的台湾旧文学的新证，则是一个宜轻宜重的要点。

我在《语言的转换与文学的进程》[②]一文里曾有关于“台湾现代文学”的“澄清和说明”，略谓：

① 载《教育杂志》第14卷第4号（1922年4月）。

② 收拙著《闽台区域社会研究》，厦门：鹭江出版社2004年版。

“台湾现代文学”乃同“台湾古代文学”“台湾近代文学”和“台湾当代文学”并举，而“台湾新文学”则和“台湾旧文学”对举。

与此相应，台湾现代文学作品包括了用文言写作的作品、用国语（白话）写作的作品和日语作品等，而台湾新文学作品首先就排除了文言作品。

又谓：

有台湾现代文学史论著对台湾现代作家吴浊流的文言作品完全未予采认，对其日语作品，则一概将译文当作原作、将译者的国语（白话）译文当作作者的国语（白话）作品来解读。我们可以就此设问和设想，假若台湾现代文学作品在写作用语上的采认标准是国语（白话），文言不是国语（白话），文言作品固当不予采认；但日语也不是国语（白话），日语作品为什么得到采认？假若日语作品的译者也如吾闽先贤严复、林纾一般将原作译为文言而不是国语（白话），论者又将如何措置？

将台湾现代文学当作台湾新文学，现代时段的台湾旧文学自然不免轻视和排斥的遭遇，台湾现代文学史研究自然不免“现代时段的台湾旧文学 / 现代时段的台湾新文学”之畸轻畸重的缺点。

另一方面，关于现代时段的台湾旧文学似乎已有种种成论，某些论著亦似乎有约在先：提及现代时段的台湾旧文学则一律语含贬抑。

这里，我又有“澄清和说明”。这番是关于现代时段的台湾旧文学的“澄清和说明”。

说来也是在 1922 年，沈雁冰在《小说月报》撰文表示，他反对将当时的“旧派小说”当作“中国旧文艺旧文学”的“代表”，因为这样做“至少也要使在历史上有相当价值的中国旧文艺蒙受意外的奇辱！我希望宝爱真正中国旧文学的人们起来辩正”。[①]

作为“中国旧文学”一部分的“台湾旧文学”，也是“在历史上有相当价值的”。在现代时段，“台湾旧文学”是不是也有其“相当价值”？对“台湾旧文学”预设贬抑立场的研究得到的自然是贬抑的结论。

显然，我们对于现代时段的台湾旧文学的研究，不当从某些成论出发，而当从史料解读入手、凭新证立说。

关于史料解读，顾颉刚谓：

> 我们总要弄清每一个时代的大势；对于求知各时代的“社会心理”，总要看得比记忆各时代的“故事”重要得多。[②]

在我看来，这句话里有二层意思。一是史料解读的三重取向，“弄清每一个时代的大势”“求知各时代的‘社会心理’”和“记忆各时代的‘故事’”乃是史料解读应采取的三重研究方向，历史上的时势、人心和世事，一一当从史料求知；二是以“轻／重”双元结构的方式，强调“求知各时代的‘社会心理’”对于“记忆各时代的‘故事’”的重要性。放弃“求知各时代的‘社会心理’”的研究，等于放弃“记忆各时代的‘故事’”方向上的真实性目标。

下文拟将“三重取向”之说贯彻于《台湾诗报》（1924—1925）的解读，从中取证以描述台湾旧文学的若干情况。

---

① 沈雁冰：《真有代表旧文学旧文艺的作品吗？》，载《小说月报》第13卷第11号（1922年11月10日）。转引自《鸳鸯蝴蝶派研究资料》，上册，第44页，上海：上海文艺出版社1984年版。

② 顾颉刚：《中学校本国史教科书编撰法的商榷》，引自《教育杂志》第14卷，第4号，第4页。

二

《台湾诗报》创刊于 1924 年 2 月 6 日，由台北星社（1914 年成立）同人编辑和发行。

我所见《台湾诗报》包括创刊号（1924 年 2 月 6 日，剪贴本）、第 2 号（1924 年 3 月 20 日，剪贴本）、第 3 号（1924 年 4 月 20 日，剪贴本）、第 4 号（1924 年 5 月 20 日，剪贴本）、第 5 号（1924 年 6 月 16 日）、第 6 号（1924 年 7 月 10 日）、第 7 号（1924 年 8 月 12 日）、第 8 号（1924 年 9 月 15 日）、第 9 号（1924 年 10 月 10 日）、第 10 号（1924 年 11 月 16 日）、第 11 号及第 12 号合刊（1924 年 12 月 26 日）、第 2 年 1 月号（1925 年 1 月 25 日）、第 2 年 2 月号（1925 年 3 月 7 日）、第 2 年 3 月号（1925 年 3 月 28 日）和第 2 年 4 月号（1925 年 4 月 25 日），凡 15 本。

现在，我们来看《台湾诗报》里的台湾旧文学“故事”以及与此相关的 1924—1925 年的“时代大势”和“社会心理”。

1. 诗社和诗社活动

《台湾诗报》之“诗界声息”“各社诗课”“击钵录”等栏目涉及的台湾诗社包括：星社、潜社、朴雅吟社、宝桑吟社、柏社、高山文社、萃英吟社、剑楼吟社、淡北吟社、小鸣吟社、瀛社、篁声吟社、旗津吟社、槫社、砺社、啸洋吟社、天籁吟社、桃社、西瀛吟社、石津吟社、南陔吟社、寻鸥吟社（鸥社）、凤岗吟社、汾津吟社、以文吟社、吟香社、大冶吟社、鹭社、杏社、白鸥吟社、南社、西山吟社、东墩吟社、桃园吟社、三友吟会、桐侣吟社、青莲吟社、竹社、聚奎吟社、华英吟社、白沙吟社、籊声吟社、艋津鹤社、砺石吟社、双溪吟社、应社，凡46个。至于各社规模，据《台湾诗报》第5号之《白鸥吟社社员录》，白鸥吟社社友25人；据《台湾诗报》第6号之《西瀛吟社设友录》，西瀛吟社社友52人；据《台湾诗报》第9号之《诗界消息》之“瀛社改组成立，新旧社员80余名”，瀛社社友80余人；据《台湾诗报》第10号之《石津吟社社员录》，石津诗社社友12人，另据《台湾诗报》第7号、第8号、第10号之《本社会员领收发表（一年份）》（即《台湾诗报》1924年全年度订阅者名单），《台湾诗报》1924年全年度订阅者为283人，此283人被视为《台湾诗报》社的“会员”。应该注意的是，此283人中的“黄氏秀英”“蔡氏月华”“颜江氏仁君”“陈氏凤子”乃是女性会员。“黄氏秀英”并且是《台湾诗报》社的作者。《台湾诗报》从创刊开始就设有《闺秀诗坛》栏，专载女性作者的作品，蔡月华以及王香禅、李德和等多人是该栏目的作者。

《台湾诗报》创刊号之《诗界声息》记星社1924年正月十三日下午的活动云：

> 三时顷拟题，寒牙阳韵，每人赋绝句二首，四时半交卷得诗数十首，誊录后，推张纯甫、黄水沛二君，当选阅之任，少刻榜发，张纯甫、高肇藩抡二元。逐次胪唱，林君其美呈与赠品。既毕，新月初上之句，乃启吟宴，相将入席，亦是以畅叙幽情，尽欢至九勾钟散会云。

上记限题、限韵、限题、限时，“选阅”即“主评甲乙”，“逐次胪唱”即“宣唱联句”等诗社活动的传统形式，同近代时段的情形[①]

① 请参见拙著《台湾社会与文化》，第168—170页，福州：海峡文艺出版社1994年版。

相比一成不变，但以“钟”（“缀钱于缕，系香寸许，承以铜盘，香焚缕断，钱落铜盘，其声铿然，以为构思之限，故名诗钟，即刻烛击钵之意也”[①]）、钵计时，已改为用时钟计时也。

2. 作品和作品用语

《台湾诗报》所刊诗、词、文、诗钟、诗话、联语、谜语、小说各体作品，除白话小说《侦探鸳鸯》外，均以文言写成，其中诗的部分在用韵方面相当严格，一一合于古韵。

然而，古韵并不一一合于现代诗韵。《台湾诗报》里的某些诗作，用国语（白话）吟唱或诵读，是不完全押韵的；用闽方言（包括闽南语）吟唱或诵读，则完全押韵。

例如，《台湾诗报》第 2 号有《白秋海棠》（德和女史）诗曰：

闺房寂寂掩重门，相伴冰肌玉一盆。凉月西风成独对，花光人影共销魂。颇多绿惨凄清态，绝去嫣红点染痕。妆阁不须银烛照，斜阳庭院未黄昏。

诗中门、盆、魂、痕、昏均是古韵上平十三元里的常用字。用国语（白话）吟唱或诵读，门、盆、痕押 [ē] 韵，魂、昏押 [un] 韵；用闽南方言之闽南语吟唱或诵读，门、盆、痕、昏押 [un] 韵，可谓一韵到底也。

又如，《台湾诗报》第 5 号有《敬呈月华女史并乞和章》（蔡氏旨禅）诗曰：

久仰兰闺学博通，清高品格出人中。愧侬袜线期和契，唯有深深

① 引自徐珂：《清稗类钞》，第 8 册，第 4007 页，北京：中华书局 1986 年版。

拜下风。

是诗通、中、风押古韵之上平一东韵。用国语（白话）唱、读，通、中押 [ɔŋ] 韵，风却是 [ē] 韵；用闽南语唱、读，通、中、风押 [ɔŋ] 韵。

又如，《台湾诗报》第 6 号有《暮春写怀》（笑侬）诗曰：

一春放浪只吟诗，呕出心肝独是儿。今日已无燕国使，悲鸣伏枥有谁知。

是诗之儿用闽南语白读音，知用闽南语文读音，则合于诗、儿、知之 [i] 韵。

又如，《台湾诗报》第 9 号所刊《北台冶游》（蕉卿）有诗曰：

案几湘帘不染尘，画楼深锁彩云新。寻春莫怨芳林晚，犹是人间未嫁身。

是诗用闽南语唱、读，新、身押 [in] 韵。又有诗曰：

巾帼须眉遇合奇，人间七夕是佳期。鸯肩火色英雄慨，无奈多情好女儿。

是诗用闽南语唱、读，奇、期、儿始合于 [i] 韵。

又如，《台湾诗报》第 9 号有《芝山岩》（寄民）诗曰：

有约来寻笔墨痕，冲炎步入士林村。数间稻陇红瓦屋，一片芝山白石门。颇羡寺僧得闲福，几忘居士市虚恩。吾人非不贪幽隐，松菊犹难理故园。

是诗为首句入韵的七律，痕、村、门、恩、园押上平十三元韵。用国语（白话）吟唱或诵读，痕、村、门、恩押 [ē] 韵，园的读音却是 yuán，在诗中是不合韵的；用闽南方言吟唱或诵读，痕、村、门、恩押 [un] 韵，园押 [ŋ] 韵，[un]、[ŋ] 均属于鼻化韵，是押韵的。

黎锦熙《国语运动史纲》记：

清雍正六年（1728）上谕："联每引见大小臣工，凡陈奏履历之时，唯有闽广两省之人，仍系乡音，不可通晓……应令福建广东两省督抚，转饬所属府、州、县有司及教官，遍为传示，多方训导，务使语言明白，使人通晓，不得仍前习为乡音。"故当时督、抚遵谕饬属建此正音书院。[①]

在历史上，闽方言区内书院、学堂的教学用语多是方言，如曾宪辉《林纾》一书记：

清季福建在北京身居尚书、侍郎、御史、翰林者不下二十余人，为方便子弟入学，光绪丁未（1907）公议设立闽学堂，校址在宣武门闽会馆，首任监督为莆田江春霖……林纾在闽学堂授国文课，每周四小时，全用福州方言，朗诵古文手舞足蹈。[②]

又如，陈荣岚、李熙泰《厦门方言》记：

① 引自黎锦熙：《国语运动史纲》，第 26—27 页，上海：商务印书馆 1934 年版。

② 引自曾宪辉：《林纾》，第 169 页，福州：福建教育出版社 1993 年版。

中国学校历来有“官学”和“私学”之分，“官学”又可分为“国学”（京师官学）和“乡学”（地方学校）两种。在共同语尚未达到普及程度时，且不说那些私塾以“clin siɔclaŋ”（意思是说“人”这个字，文读音是 [clin]，白读音是 [claŋ]）这样的文白兼用的方式来教学，就是官方办的学校（尤其是设置于本地的学校）也难于排除官话和方言同时作为教学语言的情形。①

闽方言（包括闽南语）里有相当多的古语、古音的遗存，故用闽方言可以吟唱、诵读乃至教学文言作品。学文言却“习为乡音”的情况，在台湾一直延续到 1945 年台湾光复、延续到台湾的国语运动兴起之时。

从《台湾诗报》看，用文言写作的台湾现代作家有相当部分是透过方言学习文言、又用方言吟唱或诵读文言作品的。

三

3. 时代和“时代大势”

“日据时期，两岸隔绝”是不合历史实际的说法，但此说常被用于描述日据台湾时期的时代限制。受此说误导，现代时段的台湾旧文学同现代时段的大陆旧文学之间的关联，往往被学者们所忽视。

我们从《台湾诗报》可以读到诸如《题江博士〈台湾游记〉》《冬日大陆野行》《听纯甫述闽中旅况》和“我游大陆汝心忧”等两岸人员往来的记录。据厦门海关的档案资料，经厦门海关出／入台湾的人

① 引自陈荣岚、李熙泰：《厦门方言》，第 56 页，厦门：鹭江出版社 1994 年版。

员，1924 年是 6074 / 6468 人，1925 年是 6374 / 6112 人。另有从其他口岸出入台湾和以私渡方式出入台湾的人员。[①]

我们从《台湾诗报》也可以发现有关台湾旧文学同大陆旧文学相关联的证据。

《台湾诗报》第 11—12 号合刊于《文字因缘》栏下刊登《中华民国江苏省口岸、埔头合作社特刊之启事》，是江苏口岸、埔头合作社为编录海内外诗词合集《灵珠集》发布的广告；又刊登《文艺出版物介绍》，为 15 种文艺刊物的简目：

《绮窗》（北京六界局太仆寺街）

《日本诗人》（东京牛□区新潮社）

《莺鸣》（江苏清江南门大街）

《朝曦》（福建泉州涂山街）

《雪花》、《白雪》（苏州木渎白社）

《盛泽》（江苏盛泽阳春街）

《友声》（苏州三茅观巷）

《盍簪》（上海白光路登贤里）

《春报》（盛泽红木桥）

《兰友》（杭州大塔山巷兰社）

《木铎周刊》（苏州木渎城）

《妇女旬刊》（苏州丰乐桥）

《春明月刊》（北京春社）

《小诗界》（福州樟湖坂）

《诗林》（东京随鸥吟社）

上记各刊除《日本诗人》和《诗林》为日本的汉文学刊物外，其

① 请参见拙著《闽台缘与闽南风》，第 16 页，福州：福建教育出版社 2006 年版。

余多为中国大陆的旧文学刊物（或称“民国旧派文艺期刊”）。如郑逸梅《民国旧派文艺期刊丛话》记：

《盍簪》月刊，张舍我编。白克路登贤里七二五号盍簪社发行，第一期出版于一九二三年。封面袁寒云书，丁慕琴画。内容有小说，舍我、卓呆、放庵、泪鹃、述禹执笔；有笔记，琴影、蝶醒、富华、娱萱执笔。其他如菊蝶、幻音的杂作，郁郁生的评剧。一期止。[①]

20余年前，我曾在《福建现代文艺期刊闻见录》[②]里将《朝曦》作为现代时段的旧文学刊物予以介绍。

我藏有《朝曦》第6期（甲子秋号，1924年11月7日出版）之影印本。从中可知如下情况：

（1）《朝曦》创刊于1923年夏，1924年秋出至第6期。曾文英编辑。

（2）朝曦为泉州兢社的同人刊物。泉州兢社社长兼总编辑为曾文英，社址在“泉州城内涂山街八十七号”，1924年有社友58人，该社宗旨为“保存国粹，娱乐性灵”。

（3）《朝曦》第6期辟有“诗圃”“诗林”“祝词”“言论”“小说”“丛谈”等栏，所刊作品皆以文言写成。

（4）《朝曦》第6期刊有江苏口岸、埔头合作社扩充《灵珠集》“征文例”的《合作特别启事》，文称：“敝社以本社第三次社友大会公决扩充征文例，并议将台湾诗社之《诗萃》……福建情社之《小诗界》……泉州兢社之《朝曦》……清江莺鸣社之《莺鸣》……苏州友

① 引自《鸳鸯蝴蝶派研究资料》，上卷，第435页。

② 载《福建新文学史料集刊》，第1辑，中国作家协会福建分会、福建师范大学中文系1982年5月编印，非版本图书。

社之《友声》……盍簪社之《盍簪》……苏州木铎社之《木铎周刊》、盛泽渊渊社之《盛泽》、白社之《白雪》杂志，各社友之大作散见于各报者，本报敝社一例择尤（优）选入敝集，俾成一有价值之巨著。”

《台湾诗报》刊登大陆旧文学社团的广告、介绍大陆旧文学期刊，大陆旧文学社团将台湾各诗社的《诗萃》列入其“征文”范围，是其时海峡两岸旧文学相关联的明证。

《台湾诗报》在林纾逝世（1924 年 10 月 9 日）前后，于第 4 号、第 9 号、第 10 号、第 11—12 号合刊、第二年 2 月号多次刊登林纾的作品，此亦可说明其时台湾旧文学接近和接受大陆旧文学代表人物的情形。

此外，《台湾诗报》所刊《五百元手指》（按，“手指”在闽南里有“戒指”的义项）、《兰闺韵事》、《侦探鸳鸯》、《鸭母王别传》等小说，均可列入《民国旧派小说史略》[①]（范烟桥）一类提要或目录类著述，其中《兰闺韵事》《侦探鸳鸯》是典型的“鸳鸯蝴蝶派”小说。

上记情况可以从一个侧面说明，在现代时段、在 1924—1925 年间，台湾旧文学同大陆旧文学的关联并不因日据台湾当局的设限而“隔绝”，此其“时代大势”之一方面也。

当然，我们从《台湾诗报》也可以看到当年的某些条件限制。

星社和《台湾诗报》社的执牛耳之人张汉（寄民，纯甫）在《台湾诗报》第二年第 2 号的一则按语里写道：

右诸篇明白晓畅，雅俗共赏。孰谓汉文必堆砌典故而始佳哉。窃谓中国文字之统一，由来已久。今反欲破坏之，而提倡义少辞费音异之新体白话文，使人厌见，且不易解者何也……盖方言译音之文字，

① 收《鸳鸯蝴蝶派研究资料》。

其所以不能长存者，以声音有时而改，语言有时而差，且各地方口音各异，俗谚滋多。闽、粤、滇、黔、湘、皖、江、浙以外各省，无一能同其音，即闽之漳、泉、汀州、兴化，亦皆差别。而谓用偏枯之白话文，即可以统一中国文字乎。

张汉赞同新文学倡导者“不用典”的主张，并且意识到推行一种能够通行于“闽、粤、滇、黔、湘、皖、江、浙”及其“以外各省”，在一省之内如闽省又可以通行于“闽之漳、泉、汀州、兴化”各地的“统一”的语言即“共同语”的必要性。但是，他对清末民初以来国语运动的进程和进展显然一无所知。当时，北方方言已经被认定为“各省通行之语”即“国语”（国家共同语）的基础在大陆各地逐步推广和普及。张汉却将在大陆已有相当普及程度的“国语”当作“偏枯”于一方的“方言”来看待，此乃国语运动尚未推行及于台湾的时代局限使然。

4. 作家和“社会心理”

《台湾诗报》创刊之初，众多的台湾旧文学作家以“祝《台湾诗报》”为题，表达了“延一线斯文于不坠”的期许和自负。

黄赞钧《祝台湾诗报初刊》谓：

慨自科举不兴，文章衰坠，老师宿儒，久风流而云散；后生小子，孰面命而耳提。鲁殿灵光，千钧一发；洋家杂说，万派千条。较秦火而愈烈，劫尽成灰。叹吾道之全非，泪空滴血。幸而诗学弥盛，秋月春风，不少骚人之兴，敲金戛玉，犹多逸士之吟。攻错有心，山还石借，琢磨不懈，玉可器成，盖斯文之赖以维系，而后学之倚为津梁者，久已存于诗、而不得不重视夫诗矣。[①]

蔡伯毅《台湾诗报成立题序》谓：

吾台诗社，自数年来，多如雨后笋，虽天之不绝斯文，亦众人之志趣，固有风雅存于其心者……况此报关乎吾台汉学之前途不甚少，余往矣，一瓣心香，尤为祈祷不置。[②]

归鸿《祝台湾诗报发刊（调寄五采结同心）》词曰：

沧桑变换，汉学衰微，千钧一发垂危。高阁文章束。渊源道统，问孰是维持。还亏天未斯文丧，后死后生得与知。费许多精神魄力，搜罗讨论编诗。

雅杂佳章灿灿，赖风流白社，总括无遗。网采珊瑚，囊收珠玉，都丽句新词，也知道群怨兴观备。感吾道不疲，从此后人心世道，料应定此无亏。[③]

刘以廉《祝台湾诗报创刊》诗曰：

欧学已东渐，汉学将西沉。有人怀孔孟，重振唐宋音。风纪虽沦亡，褒贬藉良箴。况复诗报创，满纸尽琅琳。我愿诸同人，且勿废高吟。今日之天下，匹夫亦有任。力共狂澜挽，一发千钧森。斯文如不

① 引自《台湾诗报》第1号（1924年2月6日出版）。
② 引自《台湾诗报》第1号（1924年2月6日出版）。
③ 引自《台湾诗报》第2号（1924年3月20日出版）。

替，当见古犹今。[①]

曾彝延《祝诗报创刊》诗云：

从此文风一线延，斯文继替续前贤。维持大雅宁无地，赖挽狂澜尚有天。已尽秦灰复断简，犹存鲁壁保遗篇。衰颓趁起重兴日，深祝刊本续永年。[②]

周士衡《祝台湾诗报发刊》诗云：

老天将丧斯文日，赖汝维持一线长。沧桑今无遗失感，珠玑集得满缥缃。[③]

上记各章各以“斯文之赖以维系”“天之不绝斯文”“天未斯文丧”“吾道不疲”“斯文如不替”表达在日人据下“维系”中国文化于“不绝”“不疲”“不替”的心志。

老钝《暮春阅某游记有作（八首）》有句云：

文人多结习，击钵慰无聊。违心发歌颂，无源行自消。所贵读我书，一线续迢迢。[④]

此寥寥数句，尤可概括其时台湾旧文学作家的“社会心态”：在

① 引自《台湾诗报》第2号（1924年3月20日出版）。
② 引自《台湾诗报》第2号（1924年3月20日出版）。
③ 引自《台湾诗报》第2号（1924年3月20日出版）。
④ 引自《台湾诗报》第1号（1924年2月6日出版）。

日据台湾当局同化主义政策的重压之下，不得已而借结社联吟、“击钵”催诗的活动方式“读我书”、使中华文化得以延续久远！

四

鉴于《台湾诗报》涉及数十个诗社和数百名作家，我们有理由认为,《台湾诗报》是当年台湾旧文学的核心刊物之一。

根据从《台湾诗报》取得的有关台湾旧文学“故事”、1924—1925年的“时代大势”和“社会心态”的证据，我们有理由推论，现代时段的台湾旧文学是有“相当价值”的：众多的台湾作家（包括部分女作家）共同热衷于用文言写作，共同热衷于在结社联吟的活动里“读我书”、“维持”“吾道”即研修和延续中国文化，这对于日据台湾当局的同化主义政策是一个集体的抗议，现代时段的台湾旧文学在文化上的反抗意义应予肯定；现代时段的台湾旧文学同大陆旧文学有关联，亦有区别，由于时代的局限、由于国语运动尚未推行及于台湾、由于台湾的国语（白话）普及率很低，台湾旧文学作家主要是因为不能、而非不愿用国语（白话）写作；现代时段的台湾旧文学作家基本上属于“宝爱真正中国旧文学的人们”，对于“延一线斯文于不坠”的期许和自负，是其共同的“社会心态”。

此一推论尚待同道诸君深入论证（包括驳论反证）使得成立也。

《台海击钵吟集》史实丛谈
——兼谈台湾文学古籍研究的学术分工

一

本文讨论的《台海击钵吟集》系台湾学界友人寄赠的影印本。全书凡96页（各页又分a、b页），包括卷首之《台海击钵吟集·序》（蔡启运撰）2页（序之2b为空白页）、《同人齿录》3页、正文91页（正文之31a、31b缺页）；正文之1a页于“台海击钵吟集”书名之下署“新竹蔡汝修编辑”；书为活字排印本；书之出版时间、印刷商家均未署明。

卷首之《台海击钵吟集·序》谓：

光绪丙戌，余与吾竹诸友倡立竹梅吟社而为击钵之举。初尚吟侣寥寥，继则闻风至者甚多。月夕花晨，炉香碗茗，刻烛命题，擁笺斗捷，佥谓后起风雅不减晋安。己丑后，或则应官远去，或则作客他方，甚有骑鲸长辞相继而赴修文之聘者。吟坛乐事，于焉中止。甲午春，陈君瑞陔礼闱报捷，锦旋后复与余兴怀前事，雅订后期，正拟大会衣冠，重整旗鼓，不谓良缘有限，盛事难逢。当天心烂醉之时，正海水群飞之日。江山无恙，风景全殊。城郭依然，人民非旧。欲求昔日之晨夕过从，诗酒从事者，不可复得。台山苍苍，闽海茫茫，此恨其将曷极耶！所幸曩时所作，剩稿犹存。再三展读，觉吉光片羽，愈见可珍。虽以良朋星散，天各一方，而往事上心，恍然如昨。则夫出诸劫火之余，而留此泥痕之迹者，岂苍苍者亦有所呵护于其间耶，爰令儿子汝修录而藏之。凡诸君子之名姓、里居悉载于右。其诗之多寡，或一二篇，或数十篇，各随乎遇之先后，聚之常暂，非敢以意为去取也。名之曰《台海击钵吟集》，共四百余篇。后之君子取是集读之，将应求之，感谅有同，而文献之征，此亦一事也。

岁次戊申仲春谷日 客村蔡见先启运题序

从上记序文看，《台海击钵吟集》编于戊申即1908年，收诗范围为丙戌至己丑即1886—1889年间台湾新竹竹梅吟社同人的“击钵吟”（即限时、限题、限韵之“击钵催诗”创作活动的作品）。

由此发生了一种误解：《台海击钵吟集》出于1908年，是书为1886—1889年间竹梅吟社同人的击钵吟汇编（近20年前，我在《击钵吟：演变的历史与历史的功过》[①]一文里亦曾传讹，并且误其书名里的“台海”为“台湾”，本人于此深感愧疚）。

实际上，《台海击钵吟集》的出版时间不是1908年，其时当不早于1911年。因为《台海击钵吟集》涉及的史实里至少有3件乃发生于1911年：

1.《台海击钵吟集》收有月樵的《咏郑贞女诗》（第47b页）和选闲、火间南的同题《挽郑慧修贞女》（第40b、48a页）诗各1首，郑慧修是新竹诗人郑香谷的胞妹，1911年病逝。

2.《台海击钵吟集》第91页附录台南南社社长赵钟麒（云石）的《挽栎社社长新竹蔡启运先生》（七律）四首。蔡启运于1911年4月22日病逝。

3.《台海击钵吟集》收梁任公（启超）《相思树》（第9b页）、《夕佳亭》（第41a页）、《猩心木》《第54a页》、《木棉桥》（第55a页）、《考槃轩》（第62b—63a页）、《荔支岛》（第66a页）、《捣衣涧》（第70a页）、《五桂楼》（第79a页）、《千步磴》（第79a页）等诗凡9首，均属于梁任公的“游台诗”。梁任公于1911年3月28日至4月12日

① 收拙著《台湾近代文学丛稿》，福州：海峡文艺出版社1990年版。

游历台湾。

《台海击钵吟集》的收诗范围亦不囿于1886—1889年间台中栎社同人的击钵吟，还包括了1889年以后、栎社击钵吟以外的作品。

例如，《台海击钵吟集》收丘逢甲《索画梅花》（第83a页）诗云：

江山跌宕卧中游，向晚南枝忆故邱。凭仗春风一枝笔，扶持乡梦到罗浮。

据我所知，丘逢甲此诗写于1891年，是向其好友许南英的索画诗。

许南英《窥园留草》[①]收有《邱仙根工部以诗索画梅，用其原韵应之。时仙根掌教崇文书院而余辞蓬壶书院之聘》诗云：

讲学输君据上游，偷闲让我占林邱。一枝圜点淋漓笔，写作梅花淡墨浮。

索梅想欲梦同游，不怕林逋错老邱。一首新诗名士聘，分来半树暗香浮。

《窥园留草》卷首之《窥园先生自订年谱》则于（清光绪）“十七年辛卯”（1891）条下记：

聘先生掌教蓬壶书院辞未就转荐蔡玉屏孝廉。

① 北平和济印书局1933年版。

丘逢甲《索画梅花》不是1886—1889年间的作品、不是击钵吟，丘逢甲也不是栎社社友。

又如，集中收澐舫即施士洁《庚戌除夕》（第15b—16a页）诗云：

客中一十七除夕，今夕愁来不可除。吾国少年吾老矣，忍抛旧学说新书。

此诗乃是施士洁《庚戌除夕，鹭门提帅公署梅花盛开。坦公时在幕中，折赠数枝，以为寒斋清供并索偿诗》六首之一，诗收《后苏龛全集》。[①]

庚戌为1910年。施士洁不属于栎社、其《庚戌除夕》亦不属于击钵吟。

此外，蔡启运序文称《台海击钵吟集》收诗“共四百余篇”，我所见《台海击钵吟集》（31a、31b缺页）收诗553首。

看来，《台海击钵吟集》的编辑、出版过程大致如是：1908年，蔡启运将1886—1889年间竹梅吟社的击钵吟存稿400余首交由其子蔡汝修编辑，并撰写了序文；蔡汝修于编辑过程中扩大收诗范围，《台海击钵吟集》遂成为一部收诗500余首的台湾旧诗总集（所收诗除附录《挽栎社社长新竹蔡启运先生》外，均为七言绝句）；书于1911年4月22日蔡启运逝世以后始交付出版。

① 《台湾文献丛刊》第215种。

二

《台海击钵吟集》所收林痴仙的部分击钵吟，亦见于其《无闷草堂诗存》[1]。

1931 年，傅鹤亭为《无闷草堂诗存》撰序称：

> 客年春，君之从弟林君献堂敦嘱钖祺陪同社陈君怀澄、陈君联玉同事选辑，克期梓行。忆君在日，一诗之出，人争传诵，今则诗犹是也，似无须强为去取。然于适兴之作或击钵之吟，则亦有以毋录为议者，因以勉从割爱。

同年，林献堂为林痴仙诗集《无闷草堂诗存》撰序亦称：

> 回忆三十年前，兄尝以击钵吟号召，遂令此风靡于全岛。有疑难之者，兄慨然曰："吾故知雕虫小技，去诗尚远，特藉是为读书识字之楔子耳"。嗟呼！兄非独擅为击钵吟已也，且今之无闷草堂集中，亦体兄之意，不录击钵吟。

实际上，《无闷草堂诗存》并非完全不录击钵吟。

兹从《台海击钵吟集》取证而言之。

1.《台海击钵吟集》第 6b—7a 页收有林痴仙、赖悔之、蹈刃、林仲衡的同题（《观获稻》）、同韵（二冬）诗各一首，林痴仙诗云：

---

① 《台湾文献丛刊》第 72 种。

打稻家家趁早冬，寒郊游眺一携筇，村童拾穗归来晚，笑指斜阳挂运峰。

本诗显系击钵吟之作。《无闷草堂诗存》第135页收《观获稻》二首，其第一首即是本诗。

2.《台海击钵吟集》第9a页收有林痴仙、林南强的同题（《旧历日》）、同韵（四支）诗各一首。林痴仙诗云：

不分匆匆正朔移，案头旧历忍重披。分明一卷陶潜集，甲子前朝纪义熙。

本诗显系击钵吟之作。《无闷草堂诗存》第141—142页收《旧历日》二首，其第二首即是本诗。

3.《台海击钵吟集》第53b—54a页收有蔡启运、林痴仙的同题（《寄外》）、同韵（十一先）诗各一首。林痴仙诗云：

欲拈班管泪涟涟，家累驱人各一天。细说米盐郎亦厌，回文诗附浣花笺。

本诗显系击钵吟之作，诗以妇人寄语外子的口气写作。《无闷草堂诗存》第123—124页收《代寄外》三首，其第二首即是本诗。

4.《台海击钵吟集》第89a页收有林痴仙、林幼春的同题（《范蠡》）、同韵（十五咸）诗各一首。林痴仙诗云：

沼吴功就卸朝衫，三徙成名更不凡。越国黄金空铸像，江湖已署散人衔。

本诗显系击钵吟之作。《无闷草堂诗存》第 133 页收有本诗。

《台海击钵吟集》第 44a 页收戴还浦的《烂时文》诗云：

浸淫十载叹儒酸，八比当时欲废难。文运分明关国运，神州糜烂一般看。

是诗记录了中国科举考试改“八比”为“策问”的变革。1901 年，清廷下令实行“新政”，其中包括：

自明年为始，乡、会试头场试中国政治、史事五篇，二场试各国政治、艺学策五道，三场试四书义二篇、五经义一篇，考官评卷，以定去取，不得只重一场。生童岁、科两考，仍先试经古一场，专试中国政治、史事及各国政治、艺学策论，正场试四书义、均以中国政治、史事及各国政艺学命题。[①]

中国的秀才、举人和进士从此有“八比”和“策问”之分。据《台海击钵吟集》卷首的《同人齿录》，戴还浦为“新竹县学附生”。其功名应该是 1895 年以前取得的，属于“八比秀才”。戴还浦赞同废除八比（即八股）的科举考试改革，并且心系祖国的命运。

《台海击钵吟集》卷首之《同人齿录》记：

陈浚芝，字士芬，一字树冬，新竹县廪生，壬午举人，甲午进士，五品衔。

---

① 引自谢青、汤德用:《中国考试制度史》，合肥：黄山书社 1996 年版，第 291 页。

《台海击钵吟集》(31a、31b 缺页)收陈浚芝诗凡 54 首，其中《新笋》、《观榜》事关科举考试。

《台海击钵吟集》第 39a 页收陈浚芝《新笋》诗云：

第一春光属此君，疏疏密密独离群。干霄自是他年事，出得头来已几分。

第 24a 页收其《观榜》诗云：

桂花消息果谁佳，观榜纷纷遍六街。我却泥金闲待报，不须走马逐同侪。

王友竹《台阳诗话》谓：

吾竹竹梅吟社之盛，于光绪初为盛。陈瑞陔贡士(浚芝)未第时，咏新笋云："干霄自是他年事、出得头来已几分"。未几，果举于乡，遂成甲午进士。[①]

陈浚芝才高自负，科举路上仍多艰辛。

陈浚芝于 1882 年中为举人后，接连应光绪十二年丙戌科(1886)、光绪十五年乙丑科(1889)、光绪十六年庚寅恩科(1890)、光绪十八年壬辰科(1892)、光绪二十年甲午恩科(1894)历科会试，前四次均报罢出都，最后一次取为贡士，但因故未应殿试。1898 年，陈浚芝再度入京，补行殿试，终于中为光绪二十四年戊戌科(1898)三甲

① 王松：《台阳诗话》，引自《台湾文献丛刊》，第 34 种，第 9 页。

第一百八十四名进士。

附带言之，与陈浚芝差不多同时，黄柏樵也有类似的科举故事。

民国《霞浦县志》记：

宁德黄柏樵农部为诸生时，肄业郡城温麻艺塾，每试则冠其曹。光绪戊子乡闱，自负必售，比榜发，只中同舍生一人，柏樵贺以诗，有“不愁祖逖着鞭先”之句。及辛卯大比，或叩以，自信曰：“可有七八成”。是科霞浦登乡荐者三人，柏樵仍报罢，人遂以“八成孝廉”戏之。柏樵闻之曰：“异日始信文章有价。”未几，果乡、会连捷。[①]

《台海击钵吟集》第34a—34b页于《天然足》题下收郑毓臣诗二首、蔡惠如诗一首。

郑毓臣诗云：

双弓罗袜宗西式，女界年来脱苦辛。睡国何曾封故步，自由花现自由身。

又云：

女界文明局一新，羞将束缚损天真。潘家莲瓣杨家袜，今日何人肯效颦。

蔡惠如诗云：

① 引自民国《霞浦县志》，下册，第499页，福建省霞浦县地方志编撰委员会1986年4月整理本。

步趋自在女儿身，阿母偏虞俗了人。不羡欧西尚腰细，岂容莲瓣失天真。

贾伸《近今之天足运动及其沿革》谓：

我国近今的天足运动，可以显出三种趋势：(一)同光以前是鼓吹酝酿时期，同光以后是实行成熟时期；(二)甲午以前是官家个人行动，甲午以后是民众团体的活动；(三)戊戌以前是少数人的觉悟，戊戌以后是普遍的觉悟。[①]

随着大陆天足运动的推展，台湾民众也逐渐发生觉悟。据林维红《清季的妇女不缠足运动(1894—1911)》一文的研究，1900年创办的台北县天然足会有会员600余人；1902年前后创办的台南天足会总会设于台南，凤山、嘉义各立一支会。[②]

郑毓臣、蔡惠如的《天然足》诗是清末天足运动，亦是女权运动的史料。

《台海击钵吟集》第81b—82a页收郑珍甫《老婢》诗云：

薄命如花不自愁，泥中逢怒几春秋。添香扫地无多事，且伴经神到白头。

此诗揭露的乃是清末台湾禁锢婢女的社会问题，诗中的“老婢”

① 引自《守节、再嫁、缠足及其他》，西安：陕西人民出版社1990年版，第130—131页。

② 参见李贞德、梁其姿主编：《妇女与社会》，北京：中国大百科全书出版社2005年版，第198—199页。

属于被主家耽误嫁龄、被主家剥夺了婚姻生活甚至性生活权利的怨旷婢媪。此诗亦事关女权，当受到研究者注意。

三

《台海击钵吟集》第9a页于《旧历日》题下收林痴仙、林南强诗各一首。林痴仙诗已见于本文第二节，林南强诗云：

一例黄花十日愁，新陈代谢到干支。纪年何限王正月，总有春秋束阁时。

林痴仙、林南强的《旧历日》涉及清末历法变革和闽台关系的重要史实。

左玉河《评民初历法上的“二元社会”》谓：

民国成立，将传统的阴历改为阳历，对民众的日常生活影响甚大。改用阳历是民国革故鼎新、万象更新之举，也是社会进步的标识和体现。但在推行阳历的过程中，阴历仍然占据着主导地位，民众除民国纪年外，对阳历并未完全接受，从而形成了历法问题上的“二元社会”：上层社会——政府机关、学校、民众团体、报馆等，基本上采用阳历；而下层民众——广大的农民、城市商民等，则仍沿用阴历。[①]

又谓：

① 引自左玉河：《评民初历法上的“二元社会”》，载《近代史研究》，2002年第3期。

按照临时大总统令和参议院决议，1912 年 2 月，内务部将编撰的民国新历书颁行全国。这部《中华民国元年新历书》，是以参议院议决四条为原则编撰的，与旧历书相比，其特点有三：一是新旧二历并存；二是新历下附星期，旧历下附节气；三是旧历书上吉凶神宿一律删除。这部新历书体现了共和精神，剔除了封建迷信的文字。它对阳历的普及和推广起到了一定的作用。但由于编撰时间仓促，多有错误，受到各界的批评。因此，它颁行后不久，民国政府即着手编撰更科学的民国元年新历书。1912 年 6 月，原来负责为大清皇朝编修《时宪历》的钦天监改归教育部，筹组北洋政府教育部观象台，负责编撰《中华民国元年历书》。由于教育部观象台有着较好的天文观象设施和编撰历书经验，所以，它所编订的这部新历书，具有一定的权威性，替代内务部编新历书而风行全国。从民国元年到北洋政府垮台，民国每年所用的新历书，都由北洋政府教育部观象台编撰。[①]

与大陆的情况稍有不同，台湾历法上的“二元社会”始于日据初期。日人入据台湾，即将光绪纪年改为日人的明治纪年（以后又改为大正、昭和），月、日则用阳历。

1903 年，林痴仙有《阴历六月二十六日夜大风雨，诗以志异》之诗（收其《无闷草堂诗存》卷二）。据此可知，其时台湾已另有阳历通行。

林痴仙、林南强《旧历日》诗之诗题和“案头旧历忍重披”等句亦可说明，民国元年以前台湾已存在历法上的“二元社会”。

针对此一情况，泉州洪潮和继成堂择日馆编印了“专售台湾”的“通书”。

---

① 引自左玉河：《评民初历法上的“二元社会”》，载《近代史研究》，2002 年第 3 期。

陈泗东《泉州洪氏百年历·序》[①]谓：

泉州是福建的文化古城，是我国著名的侨乡，也是台湾同胞的“祖家”之一。十八世纪初期，泉州出了一个有名的历学家洪潮和，他的子孙传习历法，世以为业。二百多年来，福建、台湾和东南亚华侨，一向使用洪潮和“继成堂”编印的历书。即使是在日本帝国主义侵占台湾期间，洪氏的历书依然风行台湾。洪氏派下的门徒，分布在闽、台和海外，颇具影响。所以，洪潮和在闽台地方科技史和民俗史上，是有其一定的地位的。

我曾见泉州继成堂编印的1929年《通书》，书之扉页印有“专售台湾”字样，书前所列“参校门人”名录凡400人，台湾“门人”占了140人。书前另有晋江知事陈同于1926年9月7日颁发的布告，其文曰：

为布告保护事。案据前清泉州郡庠生洪銮声暨子洪永言呈称：窃声高祖洪潮和于前清雍正年间由钦天监奏准，在泉城开设继成堂择日馆，迄今二百余年。所造通书月份、节气及春牛图悉与宪书吻合。发行以来，民间称便。无如日久竟有奸徒假冒混售，即如民国三年阴历九月系是月小误作月大，十月大竟作月小，且小雪、大雪节气各差一日，戊午年冬至，庚申年九、十两月，甲子除夕均有差错。帷声所推算，悉与中央观象台颁历相符。如此任意混售，颠倒错乱，不特妨害著作，损坏营业，抑且阴、阳失序，关系尤钜。历经呈请各县长出示晓谕保护，各在案。兹因原版木刻，恐被手民舛错，改用石印，较为

① 收《泉州洪氏百年历》，福州：福建人民出版社1982年版。

明晰。第改版发行之初，理合据情呈请出示保护，以杜假冒，而昭慎重。伏乞察核照准施行，实感公便等情。据此，查洪銮声所开继成堂择日馆系祖传名号，历数百年于兹，家学真传，通行全国。编著阴、阳历通书及春牛图并月份、节气、时日悉遵时宪推算，甚属利用依法，自当然享有著作特权。为此，除批示外合亟布告保护，仰城乡各刻匠及书坊人等知悉，自经布告之后，倘有奸徒无耻假冒翻印，鱼目混珠，希图渔利，一经察出，或被告发，定即饬拘严究不贷，宜凛遵。切切特布。

中华民国十五年九月七日　　知事陈同

据此可知，泉州继成堂编印的“阴、阳历通书”在“中央观象台”于 1912 年开始“颁历”以后，仍然“通行全国”，包括台湾。

《台海击钵吟集》第 40b 页收火间南《挽郑慧修贞女》诗云：

净尽尘缘入佛门，佛灯更喜祖孙传。知君别有心头佛，不种情根种善根。

第 47b 页收月樵《咏郑贞女诗》云：

郑谷征诗咏女鸾，贞珉一集八闽刊。于今海岱无颜色，合洗黄金铸木兰。

第 48a 页收选闲《挽郑慧修贞女》诗并注云：

长斋绣佛享清闲，浙水闽山独往还。海外已无干净土，留将玉骨寿名山（贞女拟归骨闽省崇福寺）。

拙著《台湾近代诗人在福建》记：

郑慧修的祖母陈太夫人年老好静，皈依佛门，修真规士林别墅为“净业堂”，郑慧修亦随侍奉佛，矢志不嫁。1907年，郑慧修护送陈太夫人朝佛于浙江普陀山，并遍历金、焦二山及闽之鼓山以归。1910年，陈太夫人病重，郑慧修到福州礼古月禅师（古月禅师于1902年继妙莲禅师任鼓山涌泉寺住持）为导师，愿减算益亲寿。1911年4月，陈太夫人疾终，郑慧修哀毁备至，亦卒，遗言火葬，归骨福州雪峰寺，建浮图焉。

郑慧修克尽孝道的事迹传来，流寓福建的近代台湾诗人施士洁、汪春源等以地曾旧游……，事关桑梓，一时感叹不迭，赋诗称颂。[①]

又记：

当时，纪念郑慧修的活动乃在闽、台两地展开，留居台湾的诗人也写有许多纪念文字，如台南诗人连雅堂就写有《郑慧修女士传》。[②]

从《台海击钵吟集》所收月樵《咏郑贞女诗》之“郑谷征诗咏女鸾，贞珉一集刊八闽”句看，郑香谷（如兰）还主持征诗，并编辑了《贞珉》一书刊行于八闽。

日据台湾时期，闽、台地的交流并不曾隔绝或阻断，是为一例证也。

① 引自拙著《台湾近代诗人在福建》，台北：幼狮文化事业股份有限公司1998年版，第150页。

② 引自拙著《台湾近代诗人在福建》，台北：幼狮文化事业股份有限公司1998年版，第154页。

四

临末，我想谈谈台湾文学古籍研究的学术分工。

1925年7月，顾颉刚在《战国秦汉间人的造伪与辨伪》一文的《附言》里写道：

我以为各人有各人的道路可走，而我所走的路是审查书本上的史料，别方面的成绩我也应该略略知道，以备研究时的参考……建筑一所屋子，尚且应当有的人运砖，有的人畚土，有的人断木，有的人砌墙，必须这样干了方可有成功的日子。各人执业的不同，乃是一件大工作下必有的分工，何尝是相反相拒的勾当！……我深信，在考证中国古文籍方面不知尚有多少工作可做，尽我们的一生也不过开了一个头而绝不能终其事。[①]

同任何一地、任何一类的古籍之研究一样，台湾文学古籍研究本有学术分工，“审查书本上的史料”（包括史实考证）亦其工种之一；我们对于台湾文学古籍如《台海击钵吟集》，一册在手，可以从文学的、审美的角度来阅读，以评估其文学的或美学的意义；也可以用史学的、审查的态度来解读，以发现其史学的或社会学的价值。在我看来，台湾文学古籍的史学价值和社会学价值亦是研究者应当留意的部分。

① 顾颉刚：《战国秦汉间人的造伪与辨伪》，引自顾颉刚：《汉代学术史略》，北京：东方出版社1996年版，第211页。

台湾文学研究：选题与史料的查考和使用——以《诗畸》为中心的讨论

2004年至2006年，我在指导黄乃江同学撰写博士学位论文《台湾诗钟研究》期间，得闽、台两地学界友人之协助，先后获读《台海击钵吟集》和《诗畸》两种古籍。师生相约，各自从中选题或取材，彼此观摩，以示教学相长之意也。

我先有《〈台海击钵吟集〉史实丛谈》一文刊于《福建师范大学学报》2007年第1期；兹又提交本文，以就教于黄乃江同学暨同道诸君子。

本文拟就《诗畸》一书涉及的版本、人物、典故等方面的问题，谈论台湾文学研究的选题与史料的查考和使用。

一

1987年，我初涉台湾文学研究即获读《诗畸》一书的节录和介绍，并在《击钵吟：演变的历史和历史的功过》一文里谈及《诗畸》的一个问题：

> 又，《外编》所开列的闽县刘筱彭、侯官张锦波则是唐景崧“生未与会者”。周莘仲、刘筱彭和张锦波显然不属于斐亭吟社或牡丹诗社。[①]

及读《诗畸》原版，心中愧疚！

《诗畸》之《外编》有题注曰：

① 引自拙著《台湾近代文学丛稿》，福州：海峡文艺出版社1990年版，第88页。

凡南注生未与会者，是为外编。

作者姓氏：闽刘寿铿筱彭，侯官张文澜锦波，安平刘雍和丞。余见前。

我在20年前读书不审，未留意“余见前”（即“其余作者见于卷首之《作者姓氏》”意也）之语，又因未见原书，不知《外编》作者包括了斐亭吟社、牡丹诗社的大部分人马，并且误读了“南注生未与会者”一语（南注是唐景崧的号，南注生则其自称也；“未与会者”则是“未参与的诗钟之会”之意）。

此一低级的错误，乃是读书不审、亦是读书不读原版的结果。

《诗畸》一书的版本，历来有“《诗畸》四卷，善化唐赞衮辑”[①]、唐景崧“所编《得闲便学轩五种》。其一曰《诗畸》”[②]、唐赞衮“辑录刊行，名曰《斐亭诗畸》。计嵌字格四卷、分咏格二卷、合咏格与笼纱格一卷、七律一卷、外编嵌字格二卷、附谜拾一卷。都为十一卷。刻于清光绪癸巳年（1893）”[③]等说法，并有若干种推论和猜测之说。

讲版本必须据实物，推论、猜测之说一概未宜率尔据信也。

本文所据《诗畸》为唐景崧“取抄稿重加删汰、分门编辑”之“台湾布政使署刻”本，计分嵌字格四卷、分咏格二卷、合咏并笼纱格一卷、七律一卷、外编嵌字格二卷，凡十卷，光绪十九年癸巳（1893）刻。

从《诗畸》的版本进一步而言之，我们来谈论台湾文学作品版本的一个特殊问题：日据时期台湾日文作品的原作和译文之辨以及各种

① 连横：《台湾通史》，下册，北京：商务印书馆1980年版，第441页。

② 傅锡祺《吉光集·序》，引自《吉光集》，第1页，嘉义：兰记书局1934年版。

③ 张作梅：《诗钟集粹六种》，台北：中华诗苑1957年版，第5页。

译本之别。

1947 年，台湾学者王锦江（诗琅）在《台湾新文学运动史料》一文里指出了台湾现代文学在日据时期发生的“一种特别的，用中文和日文写作的现象”。[①]

5 年前，我在《语言的转换与文学的进程》一文里指出：

于今视之，王锦江当年留意的问题似乎很少受到留意，由此而有弊端多多。例如，有台湾现代文学史论著对台湾现代作家吴浊流的文言作品完全未予采认，对其日语作品，则一概将译文当作原作、将译者的国语（白话）译文当作作者的国语（白话）作品来解读。我们可以就此设问和设想，假若台湾现代文学作品在写作用语上的采认标准是国语（白话），文言不是国语（白话），文言作品固当不予采认；但日语也不是国语（白话），日语作品为什么得到采认？假若日语作品的译者也如吾闽先贤严复、林纾一般将原作译为文言而不是国语（白话），论者又将如何措置？另有语言学研究论文亦将吴浊流作品之译文当作原作，从 1971 年的国语（白话）译文里取证说明作品作年（1948）之语言现象。[②]

又指出：

作为一个历史时期的遗留，我们今天看到的台湾现代文学作品略可分为文言作品、国语（白话）作品和日语作品。其中，部分日语作品发表前已经由译者译为国语（白话），已经过一个语言转换的过程，如杨逵作、潜生译的《知哥仔伯》，叶石涛作、潜生译的《澎湖岛的

① 王锦江：《台湾新文学运动史料》，载台湾《新生报》1947 年 7 月 2 日。

② 引自拙著《闽台区域社会研究》，厦门：鹭江出版社 2004 年版，第 335—336 页。

死刑》和《汪昏平·猫·和一个女人》；大部分日语作品则在发表后经由译者译为国语（白话），又经过一个语言转换的过程。因此，对台湾现代文学作品还应有原作和译文之辨；对于译文又当注意各种译文之别，如吕赫若作品之施文译本、郑清文译本和林至洁译本等。[①]

事实上，长期以来，对于“将译文当做原作、将译者的国语（白话）译文当做作者的国语（白话）作品来解读”的现象，几乎不曾有人置疑。

我们正可于此不疑处选取论题。

换个角度说，查访原作和译本，考证原作与译本之辨、各种译本之别，亦是史料查考的工作。

附带言之，10年前，我在《吕赫若小说的民俗学解读》[②]一文里曾指出吕赫若日文小说《财子寿》之林至洁中文译本的一处不当翻译：“猿椅”（应译为“交椅”）。对于译本的此类问题，应该是可以研究的。

二

美国学者丹屯（Robert Darnton）尝谓：

> 当我们无法理解一个谚语、一个笑话、一项礼仪，或一首诗时，我们便知道自己正触及某些事物。选取文献最使人难以索解的一面进行考索，我们或许可以开启一个相异的意义体系。沿此线索，甚至可

① 引自拙著《闽台区域社会研究》，厦门：鹭江出版社2004年版，第345页。

② 收拙著《闽台历史社会与民俗文化》，厦门：鹭江出版社2000年版。

能进入一个奇异而美妙的世界观。[①]

《诗畸》一书“难以索解”的问题很多，同学诸君正可以选择这些问题来做研究。

例如，《诗畸》卷首和《外编》所开列的“作者姓氏”，几乎每一作者都有其故事，都可以作为研究的选题。

《诗畸》作者之一的“淡水黄宗鼎樾士”之身世、生平的基本史实，乃是经多年查访和考证而来的。

1988 年，我从福建省图书馆收藏的《清代乡会朱卷齿录汇存》发现了黄宗鼎的乡试齿录，知其“字樾溆，行一，又行七。同治乙丑十一月初十日吉时生。台北府学附生，民籍”“父玉柱，号笏山，咸丰乙卯科举人”“胞弟黄彦鸿，光绪戊子科举人”及“乡试中式第三十三名（光绪己丑恩科）”等情。其后，又从《清光绪朝中日外交史料》卷三十九抄得台湾进士李清琦、叶题雁、李清琦及台湾举人汪春源、罗秀蕙、黄宗鼎联名的《上都察院书》，从林琴南《黄笏山先生画记》、王松《台阳诗话》知其部分身世、生平史实，从《明清进士题名碑录索引》查知黄宗鼎胞弟黄彦鸿之科年、甲第和名次。

1995 年，我为写作《台湾近代诗人在福建》，到北京采访黄宗鼎哲嗣黄正襄，并访得《北京市文史研究馆馆员录（1952—1995）》（非版本图书）和黄笏山《松鹤图》（有黄宗鼎、黄正襄题识）照片一帧。

《北京市文史馆馆员录（1952—1995）》于“黄彦威（1862—1954）”条下记：

原名宗鼎，字樾溆。男，福建闽侯人。清末举人。曾任山西朔州

① 转引自罗志田：《近代中国史学十论》，上海：复旦大学出版社 2003 年版，第 204 页。

知州，夏县、蒲县、永济等县知县，福建建宁、河南兰封县知事，山西北路高等审判分厅厅长，北京财政部科员。撰有《浣月斋吟稿》。1953年被聘为北京市文史馆馆员。

查《民国福建省地方政权机构沿革资料（1911—1949）》[①]，知黄宗鼎于1914年任福建省建宁县知事，任期不足一年（其继任者钱江的任期亦始于1914年）。

《诗畸》收有黄宗鼎诗钟作品39联。此亦其遗存的史料。

现考证一个问题。

黄宗鼎的生年，其科举齿录记为“同治乙丑”即1865年。拙著《台湾近代诗人在福建》对此指出：

然而，应试时少填一岁在旧时是一项俗例，南宋《登科录》中即已如是（请参见朱彭寿《安乐康平室随笔》，中华书局1982年版）。黄宗鼎的生年应为1864年。[②]

这里有一佐证。我在北京访得的黄笏山《松鹤图》照片[③]上可见黄宗鼎写于民国丁丑（1937年）的题识，略谓：

光绪乙亥，先府君任粤西宣化县，余随侍署中，时年十二。

光绪乙亥为1875年，黄宗鼎“时年十二”，则其生年当为1864

① 福州：福建人民出版社1994年版。

② 引自拙著《台湾近代诗人在福建》，台北：幼师文化事业股份有限公司1998年版，第7页。

③ 引自拙著《台湾近代诗人在福建》，台北：幼狮文化事业股份有限公司1998年版，第11页。

年也。

以上查考所得和所据的史料，《清代乡会朱卷齿录汇存》《清光绪朝中日外交史料》《黄笏山先生画记》《明清进士题名碑录索引》《北京市文史研究馆馆员录（1952—1995）》《民国福建省地方政权机构沿革资料（1911—1949）》《诗畸》以及黄笏山《松鹤图》照片，均属于文学的边缘史料，王松《台阳诗话》和黄宗鼎《浣月斋吟稿》则是文学的核心史料。相信经过查访，可以获读《浣月斋吟稿》，可以进一步研究黄宗鼎其人。

又如，用典是诗钟创作的一种要求和一种追求。唐景崧谓：

不用典专作空句较易成联。以用典每窘于觅对。近来作者辄避实而就空，非前辈典型矣。唯空句最宜曲折新颖。论做到佳处，较典句尤难。盖虽空句，亦由书卷及古人名句、平生阅历酝酿而出，若一味滑腔习见，则生厌。

《诗畸》所收诗钟作品用的许多典故，对于今之读者颇为费解，对于今之研究者则有一番“搜典如儿觅母家”（唐景崧句）的功夫要做。

兹举例而言之。

1. 施士洁《冰、一，一唱》：

一钱太守廉称宠，冰柱诗人韵斗叉。

“一钱太守”是汉代会稽郡太守刘宠的故事。《后汉书》记：刘宠做官清正。离任时有几个须眉皆白的老人带一百个大钱来赠送他，刘宠“选一大钱受之”。

"冰柱诗人"则是唐代诗人刘叉的别称。刘叉性刚直，好任侠，曾投韩愈门下，后游齐鲁，不知所终。有《冰柱》《雪车》二诗最为著名，故称"冰柱诗人"。其诗用韵险峻，敢于打破传统格式。

2. 翁珊季《兵、凤，一唱》：

兵权解释杯中酒，凤字留题户外书。

起句用宋太祖"杯酒释兵权"的典故。宋建隆二年（961），宋太祖接受赵普建议，召侍卫马步军都指挥使石守信、殿前都指挥使王审琦等人饮酒，劝谕他们释去兵权，多置田产，终其天年。于是，石守信、王审琦、高怀德、张令铎等被罢免了军职。宋太祖此举乃为了消除兵变的隐患。

对句"题凤"用魏晋时期名士吕安的故事。《世说新语》记：吕安造访嵇康，值嵇康不在，嵇康的哥哥嵇喜出门延请吕安，吕安不入其门，题门上作凤字而去。凤的繁体字可拆为"凡鸟"二字，吕安以此嘲讽嵇喜为凡人。

3. 李春甫《兵、凤，一唱》：

兵也杀人梁惠笑，凤兮讽圣楚狂歌。

起句和对句分别从《孟子》《论语》"酝酿"而出。

《孟子·梁惠王上》："是何异于刺人而杀之，曰：非我也，兵也"；《论语·微子》："楚狂接舆歌而过孔子曰：凤兮！凤兮！何德之衰？往者不可谏，来者犹可追。已而，已而，今之从政者殆而！"

4. 汪春源《书、铁，三唱》：

秘本铁函思肖史，骈词书谱过庭文。

起句用郑思肖故事。郑思肖，宋末元初福建连江人，字所南。著有诗集《心史》，旧无传本，明崇祯年间得自苏州承天寺井中，有铁函封缄，故称《铁函心史》。

对句谓“古人书卷”《书品》。作者为南朝梁庾肩吾，书载汉至齐梁能真、草书者123人，分其作品为上、中、下三等，每等又分上、中、下，共为9例，每例列书家姓名，各系短论。论用骈体，如“真草既分于星芒，烈火复成于珠珮。或横牵竖掣，或浓点轻拂，或将放而更流，或因挑而还置，敏思藏于胸中，巧态发于毫铦”。所品论的书家其时多已谢世，故称“骈词书谱过庭文”。

5. 王贡南《丹、假，五唱》：

升庵录著丹铅博，祭酒书征假借详。

此联显系从古人“书卷”“酝酿而出”。

起句谓杨慎著《丹铅总录》。杨慎，字用修，号升庵，四川人，明代文学家。著作多达百余种。《丹铅总录》为《丹铅余录》《丹铅续录》《丹铅摘录》的合编，故称总录。该书考据经传，辨论史实，具见作者渊博的才学。

对句指许慎撰《说文解字》。许慎，字叔重，汝南召陵（今河南郾城）人。东汉著名经学家、文字学家，曾任太尉南阁祭酒，世称“许祭酒”。《说文解字》按照相传的“六书”（象形、指事、会意、形声、转注和假借）分析字形、字义等。其中“假借”是“本无其字，依声托事”，书中征引详备。

6. 唐景崧《知、斗，二唱》：

日知录著明遗老，刁斗铭传蜀故侯。

起句谓顾炎武著《日知录》。顾炎武，初名绛，字宁人，尝自署蒋山佣，江苏昆山人。明末清初著名思想家、学者。《日知录》于清康熙年间出刻本和全刻本。

对句指张飞撰、书《刁斗铭》。杨慎《丹铅总录》记“涪陵有张飞《刁斗铭》，其文字甚工，飞所书也”。

7. 汪春源《封、倒，六唱》：

臣焚谏草陈封事，佛设盂兰解倒悬。

起句记进谏的行径：臣下进谏，防有泄漏，焚烧谏章草稿，又以皂囊封板，谓之封事。1918 年，清末著名谏臣江杏邨病逝于福建莆田故里，汪春源为作挽联云：

赣直震朝端谏草曾焚归去移忠仍作孝；

斗山崇海内盖棺定论传来一节足千古。

联中亦记“谏草曾焚”事。不过江杏邨是 1894 年中为进士的，《诗畸》先刻于 1893 年。汪春源《封、倒，六唱》之起句记的是臣下进谏的通常行径。

对句谓佛家“盂兰盆会”。“盂兰盆”为梵文音译，意为“救倒悬”。典出西晋竺法护译《佛说盂兰盆经》之“目莲救母”，释迦弟子目莲见母在地狱受苦，如同倒悬，求佛救度，于是“佛设盂兰解倒悬”也。

8. 丘逢甲《立、和，二唱》：

册立竟称父皇帝，议和甘作小朝廷。

起句“父皇帝”指五代时，一些方镇军阀为取帝位，向契丹主称儿以借助外力，如后晋高祖石敬瑭45岁时以父事34岁的契丹主耶律德光，是为“父皇帝”也。

对句“小朝廷”谓妥协求和以偏安一隅的朝廷。南宋胡铨《戊午上高宗封事》:“臣有赴东海而死耳，宁能以小朝廷而活耶？”

9. 王贡南《西、碧，一唱》:

西山李密陈情迫，碧水江淹作令佳。

起句记晋代李密上表陈情，陈述其不肯应晋武帝征召的原因

是祖母年迈，奉养无人。其《陈情表》有“日薄西山，气息奄奄，人命危浅，朝不虑夕。臣无祖母，无以至今日；祖母无臣，无以终余年”句，所以说“西山李密陈情迫”。

对句谓江淹出任吴兴（今福建浦城）县令事。江淹历仕宋、齐、梁三朝，因事被贬为吴兴县令，其《自序》有（吴兴）“地在东南峤外，闽越之旧境也。爰有碧水丹山，珍木灵草，皆淹平生所至爱，不觉行路之远矣”句，故谓“碧水江淹作令佳”。

10. 施士洁《斗、知，二唱》:

五斗陶潜羞为米，四知杨震竟辞金。

起句记陶潜解印弃官故事。东晋陶潜为彭泽令，在官八十余日，郡遣督邮至县，吏谓应束带见之。陶潜以“不能为五斗米折腰”，即日解印弃官，赋《归去来辞》。

对句记东汉杨震居官清廉的事迹。《后汉书·杨震传》:"王密为昌邑令,谒见。至夜,怀金十斤以遗震。震曰:'故人知君,君不知故人,何也?'密曰:'暮夜无知者。'震曰:'天知,神知,我知,子知,何谓无知?'密愧而出。"

据黄乃江同学统计,《诗畸》收诗钟作品4669联。显然,"《诗畸》用典之研究"可以是一部专著的选题。

三

拙论《文学的周边文化关系》谓:

> 在我看来,我们搜集文学史料的注意力应当及于台湾作家的联语、诗钟、制义、骈文、歌辞等各类边缘文体的作品。[①]

《诗畸》是诗钟作品的合集,属于文学的边缘史料。

从《诗畸》一书、从文学的边缘史料,我们至少得到了有关台湾文学史的如下信息:

1. 诗钟的创作乃是集体的创作活动,又有关于时、体、题、韵的严格规定以及略仿科举程序的投卷、誊录、阅评、宣唱等趣味性、刺激性的情节。《诗畸》卷首之《诗钟凡例》记:

> 一、诗钟者仿刻烛击钵故事,以钟刻为限,或代以香,约二寸内外。以一联为一卷,随投筒中,不拘作若干卷,限到截止,不得再

① 引自拙著《闽台区域社会研究》,厦门:鹭江出版社2004年版,第358页。

投。

一、截止后，或倩两人作者专誊，或作者分写，惟阅卷者不与焉。其誊写分正副两本，每一联均誊入正副本中，送正副阅卷者评取，去取高下，不得互商。

一、正副两本所取之元，下次即为正副阅卷。如两元适系一人，则以正本第名推充；如正本第二名又适取元之人，则推副本第二名。

一、阅卷者亦作卷并誊入正副本中，惟阅时将已作剔出。正阅卷者之卷，仅副阅卷评取；副阅卷者之卷，仅由正阅卷评取。

一、阅卷者禁视诸人底稿，并禁与诸人交谈。人亦不得向阅卷者询问故实，严关节。

一、评定后，正副阅卷按所取第次，由后至元，宣唱联句，注号联下，故一次为一唱。

一、事虽游戏，规矩宜严，否则懒散，甚至争訾。或公推一人，竟日直坛，于每唱以人为校对，免有漏写误写之卷。

一、投卷有纳费者，议定凡投一卷纳钱若干。阅卷者仅一边取录，卷费减半；凡投至五卷外者，卷费减半；一卷不作者，罚纳一卷之钱。即以诸卷所纳钱，按正、副两本所取高下，摊给有差，所以别胜负，而资鼓舞，非为阿堵也，其额约三分取一。如不纳费，则取额可隘可宽，或以他物为赠，藉励吟兴，亦诗坛雅事。

一、纳卷费如用典错误，以及犯规而取录者，本人罚还摊给之钱，阅卷者亦议罚，均归入下唱摊分。至语句优劣，所见各殊，不得訾议云罚。

“诗钟荣比小科名”（唐景崧语），参与者遂乐此不疲。《诗畸》卷八《分咏体》有《诗钟、破鞋》之题（“诗钟”属于雅题），在“诗钟”题下，张益六谓“草稿催成同击钵”，又谓“苦吟君亦怕鸣金”；

宋佩之谓“苦吟饭后望纱笼”，又谓“断线抛香惜凤头”；施士洁谓“遗珠如诉不平声”；唐景崧谓“煅比精金防作响”，又谓“各撑肩影老僧客”，又谓“吟来各有自鸣时”。

在《诗畸》一书的创作年代、亦即台湾建省后的若干年（1886—1893 年）里，诗钟的创作活动促进了诗人的结社、促进了文学社团的活动。

2. 用典是诗钟创作的一种要求、一种追求。《诗畸》卷一《嵌字格》规定：

一、用典不可一句有典，一句无典。所嵌二字，尤不可一字有典，一字无典。至典必须确有所嵌之字，方可引用，但往往嵌字有典矣，而上下又难于足成，切忌一句用典中之字足成，一句自凑，便有强弱。傥两句难全用典中之字足成，则不如两不用，而自加字。惟自加字，须善于熨帖，勿着痕迹，切忌好为涂泽，转致杂凑。

一、所嵌字用古人姓名，不可一句有姓，一句有名无姓。因其易于成对，不能制胜。如以杜甫对昌龄，裁去王字不可也。非嵌字也，尚不甚忌。

一、女名禁对男名，必不得已如仙佛优妓奴婢及杂艺家事迹相类者，可偶用之。或男名之典，属闺阁事，亦间对女名，然究非正轨。

一、时代忌相离太远。大概春秋以上故实，对以元明，便嫌太远。

一、不用典专作空句，较易成联，以用典每窘于觅对。近来作者，辄避实而就空，非前辈典型矣。惟空句最易曲折新颖，论做到佳处，较典句尤难。盖虽空句，亦由书卷及名人名句平生阅历酝酿而出，若一味滑腔习见则生厌。

一、无论典句空句，两句情事，以相类为佳。如一句政治，一句游览；一句文学，一句花木，便嫌不类。余可类推。然往往为嵌字所窘，恰难一类。是在造句善于牵合，于不类而求其类。

一、本游戏笔墨，偶用俗书俗事，借以解颐，在所不忌。然两句亦必求相近，勿太不伦。

一、二字往往虚实不对，必将虚字做实，方能对实字；实字做虚，方能对虚字。若听其一虚一实，各自成句，即门外汉。

《诗畸》卷七《笼纱格》规定：

随拈二字，据典成联，不露字面。

由此规定，诗钟里的“典句”和“笼纱格”的诗钟成了中国文史知识的载体。

于是，我们又看到在《诗畸》一书的创作年代，亦即台湾建省后的若干年（1886—1893 年）里，诗钟的创作活动促进了中国文史知识的传播。

3.《诗畸》收施士洁诗钟 447 联，七律 29 首；收丘逢甲诗钟 214 联，七律 48 首。

施士洁、丘逢甲均属于台湾近代文学史上的重要作家，《诗畸》当然亦是研究施士洁、丘逢甲等作家的重要史料。

4.《诗畸》卷首之《作者姓氏》列有“浏阳谭嗣襄泗生”之名，卷五、卷六共收有谭嗣襄的分咏格诗钟 13 联。

谭嗣襄是谭嗣同的仲兄。

拙著《台湾近代文学丛稿》指出：

据《谭府徐夫人墓志铭》，谭嗣同的二姐谭嗣淑“适翰林院庶吉士灌阳唐景崶”，而唐景崶正是唐景崧的四弟（唐景崧《请缨日记》记有“季弟景崶奉顺天乡闱分校之命”云云）。谭嗣襄于光绪十四年（1888）“折而至台湾”就是投奔唐景崧这门“戚属”的。谭嗣襄病后并居于唐景崧的台湾道署，逝世的当日方才从官廨移居蓬壶书院。[①]

又指出：

光绪十五年（1889）五月五日，谭嗣同之仲兄谭嗣襄客死于台南蓬壶书院。谭氏兄妹凡五人，谭嗣同的大姐谭嗣怀“在室殇”，伯兄嗣贻和二姐嗣淑于光绪四年（1878）相继暴疾而殇（据《谭府徐夫人墓志铭》），及仲兄嗣襄故去，谭嗣同便成为兄妹的唯一的生存者，归葬仲兄之责自然属之嗣同。于是，谭嗣同的生活履历上有了首次渡台的记录。在谭嗣同留存的文稿中，至少有三处提及奔兄丧之举：其一，《城南思旧铭并叙》有云：“……后携从子传简入京师，寻所经历，一一示传简。且言余之悲，传简都不省意，颇怅恨以为非仲兄无足以语此，而仲兄竟殁。素车星奔，取道南下洼……”其二，《先仲兄行述》记：“叔弟嗣同以丧归葬于冷水井之原”；其三，《笔识》卷下记：“方余之遭仲兄忧偕从子传简困顿海上也”（“海上”指台湾，《笔识》郑下记嗣襄赴台亦记为“先仲兄之去海上”）。这三处记载，透露了谭嗣同赴台奔丧的消息。按照常理，谭嗣同闻仲兄噩耗而“素车星奔”，其去处应是仲兄死所台湾；谭嗣同归葬其仲兄，也应是自台湾护柩归葬；至于“困顿海上”一语则更可说明谭嗣同曾为仲兄丧事滞留台

① 引自拙著《台湾近代文学丛稿》，福州：海峡文艺出版社 1990 年版，第 31 页。

湾。[①]

谭嗣襄、谭嗣同兄弟与台湾的关系，包括谭嗣襄在台文学活动和诗钟作品、谭家与唐景崧的“戚属”关系、谭嗣同在台湾活动的情况、谭嗣同的《仁学》自署为台湾人撰的原因等，是台湾文学研究应当留意的部分。

临末，我想用两句话收束本文并以此与黄乃江同学暨同道诸君子共勉：要有于不疑处、不解处选取论题的学术勇气，要提倡查访、考证和使用边缘史料的学术方法。

---

① 引自拙著《台湾近代文学丛稿》，福州：海峡文艺出版社 1990 年版，第 29—30 页。

从《台湾诗荟》(1924—1925)看海峡两岸旧文学的交流

本文拟从《台湾文献汇刊》收录的《台湾诗荟》(厦门市图书馆藏本)钩沉发微、取证举例，描述1924—1925年间海峡两岸旧文学交流之种种状况。

一

《台湾诗荟》，1924年2月创刊，月刊，编辑兼发行人连雅棠(连横)。《台北钟》，1925年10月出至第22号。

《台湾诗荟》专收文言作品，以“扢雅扬风之篇”“道德经纶之具”[①]为倡言，属于典型的旧派文艺期刊。

从《台湾诗荟》，我们可以看到该刊同大陆旧派文艺期刊联系的若干事例：

1.《台湾诗荟》第4号(1924年5月)之“新刊绍介”介绍的“新刊”有“《朝曦》第一期(泉州兢社)”和“《合作特刊》第一期(苏州中华合作社)”之目。

2.《台湾诗荟》第6号(1924年7月)之“文坛声应”刊有上海《心声》广告，其文曰：

《心声》，上海心心照相馆发行，月出二册，每册售洋三角。内容丰富，趣味隽永。第三卷第六号有《哀梨室呓语》《歌场杂言》《林屋杂记》《粉艳脂柔录》《水仙小传》《絮果兰因录》《妇女文苑》《绥京路游记》《爱兰仙馆笔乘》及传奇小说等。

3.《台湾诗荟》第8号(1924年9月)刊有江苏中华合作社之

① 连雅棠:《〈台湾诗荟〉发刊序》，引自《台湾文献汇刊》，第4辑，第15册，北京：九州出版社；厦门：厦门大学出版社，2004年版，第124页。

《台湾诗社社友公鉴》，其文曰：

敝社现以本社社友之公决，扩充征文例，并议将台湾诗社出版之《诗荟》、湖北消闲社之《消闲录》、江西昌社之《昌言报》、厦门东社之《东社集》、浙江同声社之《同声集》、广东青年社之《明星》、河南郑州之《管城小刊》、天津春社之《春光》、上海盍簪社之《盍簪》、安徽陶社之《陶社集》、杭州绿社之《绿玉》《绿痕》《绿云》刊、唐棲棠社之《棠社月刊》、泉州南华文学社之《朝曦》、江西金社之《金声》月刊、福建诗社之《小诗界》、扬州静社之《扬州新报》、阜宁醒旧社之《射南新报》、移化社之《黄浦新报》、清江莺鸣社之《莺鸣》半月刊、支塘虞社之《虞东季刊》、泰州消间社之《消间周刊》、常熟琴社之《琴报》、苏州友社之《友声》、江阴克社之《社刊》、常熟礼杂志社之《礼拜周刊》、上海益社之《益智》、姜堰文光社之《文光周刊》、曲塘曲社之《曲水》刊、苏州木铎社之《木铎周刊》、盛泽渊渊社之《盛泽》、白社之《白雪杂志》、东台文心社之《文心》、上海鸣社之《社刊》、海陵集秀社之《集秀报》。各社社友之大著散见于各报、杂志者，敝社一例选录，辑入敝社所编《现代诗选》中（又以敝社社友公决，所编之《灵珠集》改名为《现代诗选》，以符名实），得成近代有价值之巨著，以期流传久远。凡《诗荟》社友，务恳将小传赐下，以备载入集中，尤为馨祷。征求时期本年十二月 截止，明年出书（附小传式于左）。

江苏口岸浦头中华合作社谨启

上记《新刊绍介》《文坛声应》和《台湾诗社社友公鉴》涉及大陆的旧派文艺期刊凡 38 种。

兹就闻见所及，报告如下资讯：

1. 关于泉州兢社及其《朝曦》

我藏有《朝曦》第6期甲子秋号（1924年10月11日出版）之影印本。

《朝曦》第6期所刊《(政府立案）泉州兢社重订简章》说明该社“宗旨”为“保存国粹，娱乐性灵”，通信地址为“福建泉州城内涂山街87号”；所刊《社友录》记社友58人之姓名、次章（字或号）、籍贯和经历；所刊《本社职员一览表》列廖古香等11人为“社师”，曾文英为社长兼总编辑、雷一鸣等6人为干事、蒋树德和洪苍生为编辑、梁伯赵等46人为“评议”，又列曾文英为《朝曦》编辑，廖古香等35人为《朝曦》名誉编辑。

列名为泉州兢社“社师”和《朝曦》名誉编辑的张绥图乃是苏州中华合作社（《合作特刊》即该社出版物）社长；列名为泉州兢社“社友”“评议”和《朝曦》名誉编辑的钟韵玉（笔名淚鹃声，浙江杭县人，时为上海南方大学学生新闻记者）则是杭州绿社社友及该社《绿玉》月刊、《绿云》半月刊和《绿痕》旬刊编辑。

《朝曦》第6期刊有江苏口岸浦头合作社（即中华合作社）的《合作特别启事》，其文曰：

各社社友公鉴，敝社以本社第三次社友大会公决扩充征文例，并议将武汉消闲社之《消闲录》、扬州静社之《扬州新报》、台湾诗社之《(台湾）诗萃（荟)》、江西昌社之《昌言报》、厦门东社之《东社集》、浙江同声社之《同声集》、安徽陶社之《陶社集》、福建情社之《小诗界》、杭州绿社之《绿玉》《绿痕》《绿云》、泉州兢社之《朝曦》、金华金社之《金声》、广州青年社之《明星》、清江莺鸣社之《莺鸣》刊、阜宁醒旧社之《射南新报》、移化社之《黄浦新报》、唐棲《唐社月刊》、支塘虞社之《虞东》、常熟琴社之《琴报》、礼拜社之《礼拜》

刊、苏州友社之《友声》、如皋文心社之《文心》、江阴克社之《社刊》、天津春社之《春光》、上海益社之《益智》、盍簪社之《盍簪》、鸣社之社刊、东台文心社之《文心》、泰州消闲社之《消闲周刊》、集秀社之《集秀周刊》、文光社之《文光周刊》、曲塘曲社之《曲水》刊、苏州木铎社之《木铎周刊》、盛泽渊渊社之《盛泽》、白社之《白雪》杂志，各社社友之大著散见于各报者敝社一例择尤（优）选入敝集，俾成一代有价值之巨著，以期流传久远。凡各社社友务恳将小传早日赐下，以俾载入集中，尤为馨祷！征求时期本年十二月截止，明年出售（附小传式于右）。

姓名、字、号、县人、履历、著有诗集。

江苏口岸浦头中华合作社谨启

显然，《朝曦》第6期所刊《合作特别启事》内容与《台湾诗荟》第8号（1924年9月）所刊《台湾诗社社友公鉴》大致相同（附带指出，《台湾诗荟》所刊《台湾诗社社友公鉴》误将《朝曦》列为“泉州南华文学社”的社刊，《朝曦》所刊《合作特别启事》则将《台湾诗荟》误为“台湾诗社之《诗萃》”）。

2. 关于《心声》和《盍簪》

郑逸梅《民国旧派文艺期刊丛话》记：

《心声》半月刊，仿效大东书局的《半月》杂志，是南京路心心照相馆徐小麟主办的。第一期一九二二年十二月出版，封面是丁悚绘的《心心相印图》，用三色铜版精印。

该刊由钝根、刘豁公、步林屋、袁寒云合辑，徐小麟主干。首冠插图，即有编辑部同人合影。内容有小说、谐著、戏谈、随笔、杂俎等。长篇小说，有芙孙的《淞滨残梦录》，何朴斋的《滑稽盗》，娄尾生的《文妖演义》，萧子琴、金书百合译毛柏桑的《霞娘小史》。短作很多，如刘蛰叟的《云破月来》，步林屋的《辇下遗闻》，海上漱石生的《沪壖菊部拾遗志》，顾悼秋的《灵云别馆散记》，尤毅盦的《客汴小录》，孙臞蝯的《常惺惺斋日录》，陈蜕盦遗著《三生园》，姚民哀的《花萼楼杂记》，徐枕亚的《榴云惨史》，黄忏华的《怀芳楼零话》，昆明旧吏的《颐和园秘记》，袁寒云的《泉摭》，王一亭的《论画》，谭石农的《前三十年都下梨园记》，张冥飞的《乡老儿上海游记》，朱天目的《照相里面的遗嘱》，朱大可的《风生云楼随笔》，郑逸梅的《香暖云屏录》，梅花馆主的《名士名伶之比较》，欧东谷的《琴庵漫载》等。

第三卷第四号，曾刊行戏剧号。执笔者有张□子、刘公鲁、苏少卿、李释堪、郑恪夫、童爱楼、徐慕云、凌霄汉阁主等。

为了征求订户，凡订阅全年的，赠送《图画小说汇编》，刘豁公、王钝根、周柏生、张光宇、谢之光所合作，南洋兄弟烟草公司出版。

该刊第一、二两卷各十期，第三卷出至七期，于一九二四年八月停刊。[①]

又记：

《盍簪》月刊，张舍我编。白克路登贤里七二五号盍簪社发行，第一期出版于一九二三年。封面袁寒云书，丁慕琴画。内容有小说，舍我、卓呆、放庵、泪鹃、述禹执笔。有笔记，琴影、蝶醒、富华、娱萱执笔。其他如菊蝶、幻音的杂作，郁郁生的评剧。一期止。[②]

① 郑逸梅：《民国旧派文艺期刊丛话》，引自魏绍昌编：《鸳鸯蝴蝶派研究资料》，上卷，上海：上海文艺出版社 1984 年版，第 426 页。

② 郑逸梅：《民国旧派文艺期刊丛话》，引自魏绍昌编：《鸳鸯蝴蝶派研究资料》，上卷，上海：上海文艺出版社 1984 年版，第 435 页。

3. 关于杭州绿社及其《绿玉》《绿痕》和《绿云》

顾国华编《文坛杂忆初编》收钟韵玉《杭州绿社》，其文曰：

杭州绿社成立于1924年，当时社址皮市巷，12月起出版《绿玉》月刊，先后廿三期，以小说、杂文、旧诗词为主，执笔者有社员杨了公、吴耳似、范海容、莫艺昌、周陶轩，水启秀等，旋以投寄诗词过多，另出《绿云》半月刊，徐碧波、姚苏凤、陈紫荷、高邕山、黄转陶、徐卓呆、胡亚光等均有作品，共出版八期。旋因卢齐战争，迁上海汉口路复昌参号出版第三种刊物《绿痕》旬刊，张士杰、钱化佛、胡同光、王瀛洲、丁福保、江红蕉、毕倚虹、陈心佛等，专辑杂作及散文、民间传说，共出十二期。三刊均铅印，俱由笔者（按，即钟韵玉）主编。社名由老画家樊希成（熙）命名，取万物滋生，文艺如春天绿色，寓兴盛之意。[①]

上记事例和资讯可以说明，《台湾诗荟》颇留意于同大陆旧派文艺期刊的联系，并被大陆旧派文艺期刊引为同道。

二

《台湾诗荟》记有连雅棠同中华合作社、国学商兑会、南社等大陆旧文学社团关系的线索。

1. 连雅棠与苏州中华合作社

从《台湾诗荟》和泉州《朝曦》的相关线索和资讯可知，苏州中

① 引自顾国华编：《文坛杂忆初编》，上海：上海书店出版社1999年版，第137页。

华合作社于1924年间有联络各旧派文艺期刊，征求“各社友之大著，散见于各报、杂志者”，“辑入敝社所编《现代诗选》中（又以敝社社友公决，所编之《灵珠集》改名为《现代诗选》以符名实）”的活动，并出有《合作特刊》。

苏州中华合作社曾聘连雅棠为该社名誉社长。

《台湾诗荟》第5号（1924年6月）刊张缓图致连雅棠信，其文曰：

久仰斗山，恨未识荆。瞻企云树，时增遐慕。敬启者，敝同人等组织中华合作社，拟搜罗近日名公著述，斩为专集，以备流传，并拟恳请先生为敝社名誉社长，倘荷许与赞襄，乞赐大著，以光篇幅，不胜馨祷之至。专肃候玉，敬请吟安。张缓图合什。四月五日。（扬州）。

2. 连雅棠与国学商兑会

《台湾诗荟》第21号（1925年9月）刊高燮复连雅棠信，其文曰：

顷得手教，知相契在十年之前。迢递云山，末由奉候，一旦仍获以文字之报，得通尺素，殆缘之有前定者耶。诚快诚快！先是一月，得洪君弃生来书，谓四年前曾见我黄山游记，因惠《八州游记》序略，今又承尊赐《台湾诗荟》，则先生及洪君之作皆在焉。遂一一畅读。不图一月之中，忽于海外苍茫之境，乃得双国士，岂不令人拍案称奇。旧学消沉，得公等起而振之，寔大有功于名教。《诗荟》甚好，爱不忍释，如十二集以前各册均有余存，恳求一并见惠，尤感！日前邮寄《丛选》（按，当即《南社丛选》），计此信到时，该书亦可接到。

尚希匡我不逮为幸！兹附去商兑会空白入会书一纸，希照填。匆匆布复，临颖神驰，即候著祺，高燮顿。六月一日。（金山）

高燮即高吹万，为南社社友和国学商兑会发起人。

郑逸梅《南社丛谈》记：

与南社并驾齐驱堪称兄弟组的，为国学商兑会，发起人有：高吹万、蔡哲夫、柳亚子、余天遂、周人菊、高天梅、叶楚伧、胡朴庵、林百举、文雪吟、姚石子、姚鹓雏、李叔同、陈蜕盦、闵瑞之，列名者凡十五人。其中除文雪吟、闵瑞之外，都是南社社友，尤以高吹万、姚石子舅甥两人为该会主持人，原来是吹万寒隐社的扩大组织，出版的刊物，名《国学丛选》。第一集一九一二年（民国元年）九月发行，开本和《南社丛刻》相同，用有光纸四号铅字排印，线装。出至十三集，改为大册，毛边纸印，两集合而为一，成为十三、十四集，十五、十六集，十七、十八集，至十八集止，以册数计，共十五册。后来第一、第二集再版，也改为大本，把两集合订一厚册，以致大小不齐，很不统一。宗旨为扶持国故，交换旧闻，成为纯学术性质。章程订有十八条，具有卫道尊儒意味，和南社有些不同。内容：第一为通论，有高吹万、金鹤望、陈蜕庵、胡朴安等作品。二为经类，有胡石予《读左绛谊》，连载若干集。三为史类，有顾熏《四库备采金石提要录》及《后汉儒林传辑遗》，胡朴安《包慎伯先生年谱》。四为子类，有姚石子《自在室读书随笔》，高吹万《庄子通释》及《愤悱录》，姚鹓雏《大乘起信论参注》，高均《区田辨》及《平定三差通解》等。五为文类，诗和词包括在内。六为通信录，讨论学术，占页数较多。有附录，载吹万的《感旧漫录》《乡土杂咏》《北游记》《持螯唱和集》等。《会友姓氏录》第一编，附在后面，约一百余人，后来恐尚有发展。除上面涉及的以外，又有李芑香、何竞南、沈道非、雷昭性、陈陶遗、诸宗元、张挥孙、萧蜕安、何亚希、马小进、杨了公、邹亚云、朱少屏、黄宾虹、钱厚贻、胡寄尘、周祥骏、俞剑华、王蓴农、郑佩宜、蒋万里、曾延年、吴泽安、高佛子、高君深、高君介、邓尔雅、朱叔建、徐自华、周张帆、杨秋心、周亮夫、金兆芬、朱瘦桐、王海□、刘卍庐、陶小柳、傅屯艮、饶纯钩等，都是南社旧班底，因此所载的文、诗、词作品，往往有与《南社丛刻》相重复。他们有一宏愿，拟筹设图书馆，收藏古今书籍，刊刻世间孤本，以保存国粹。结果没有成为事实。会址设于松江张堰镇东市。有人这样说:《南社丛刻》，是吴江派的刊物，《国学丛选》，是松江派的刊物。[①]

从高燮致连横信可知，高燮曾寄赠《南社丛选》给连雅棠，并曾邀请连雅棠加入国学商兑会；高燮同《台湾诗荟》另一重要作者洪弃生亦有交往，他可能也曾邀洪弃生入会。

3. 连雅棠与南社

本节所记南社乃是1909年创办于苏州，社友以吴江、吴县、金山三地人士为主，由柳亚子主持和主导的旧文学社团。

《台湾诗荟》第10号（1924年11月）起连载杭州徐珂（仲可）之《仲可词》，连雅棠题曰：

仲可先生为杭州名孝廉，学问淹博，著述宏多，尤湛词学，直入宋人之室。现客沪上，吟咏自娱。顷由洪君弃生转示所作数十阕，因登《诗荟》，以饷同人。

① 郑逸梅:《南社丛谈》，上海：上海人民出版社1981年版，第29—30页。

《台湾诗荟》第 16 号（1925 年 4 月）载《仲可诗录》，连雅棠题曰：

仲可先生之词，既登《诗荟》，近更以诗远寄，读而大喜。仲可久寓沪渎，著述自甘，古道照人，见于字里。文章性命，梦寐可通，千里神交，何殊把臂。爰刊志上，以志景行。

《台湾诗荟》第 20 号（1925 年 8 月）载《仲可笔记》，连雅棠题曰：

仲可先生诗词既登《诗荟》，今又以笔记寄我。仲可现寓沪渎，著作甚多。其印行者，有《天苏阁丛刊》《大受堂丛刊》，传播艺林。而此系近作，因为登出，以饷读者。

《台湾诗荟》第 21 号（1925 年 9 月）刊登徐珂《〈台湾通史〉书后》，译介连雅棠著《台湾通史》；又刊登广告介绍徐珂的《天苏阁丛刊》广告，其文曰：

杭县徐仲可先生之诗词曾登《诗荟》。此书亦其所编，汉（按，当是“仅”之误）装六册，纸墨精良，内有《五藩梼乘》、《内阁小志》、《五刑考略》并其古文诗词，而《可言》十四卷尤为精警之作。记述详明，足资考镜。每部原定大洋五圆，今为流通起见，改售日金四圆五角，邮资在内。

《台湾诗荟》第 20 号（1925 年 8 月）之《诗钞》栏收有黄侃（季刚）之《南望篇》、陈去病（佩忍）之《湖上杂感》、胡蕴（石予）之

《闲吟》、黄质（滨虹）之《返沪》、沈宗畸（太侔）之《杨花诗和陈阜荪韵》、柳弃疾（亚子）之《论诗绝句》。黄侃、陈去病、胡蕴、黄质、沈宗畸均为南社社友；沈宗畸之《杨花诗和陈阜荪韵》、柳弃疾（亚子）之《论诗绝句》见于《南社丛选》[①]之《诗选》。

《台湾诗荟》第22号（1925年10月）之《词钞》栏收王蕴章（蓴农）之《烛影摇红·唐花》、汪兆铭（精卫）之《金缕曲（别后平安否）》、吴清庠（眉孙）之《齐天乐·蟋蟀》、傅尃（钝庵）之《相见欢（春愁诉与谁同）》、高旭（天梅）之《蝶恋花（胭脂薄晕羞相顾）》和李九（弘一）之《喝火令（故国鸣□鹆）》。王蕴章、汪兆铭、吴清庠、傅尃、高旭和李九（弘一）均为南社社友。王蕴章之《烛影摇红·唐花》、汪兆铭之《金缕曲（别后平安否）》、吴清庠之《齐天乐·蟋蟀》均见于《南社丛选》之《词选》，李九（弘一）之《喝火令》见于《弘一法师全集》[②]卷七第455页。

《台湾诗荟》第16号（1925年4月）载胡韫玉（朴安）之《清代文学史略》，编者按曰：

朴安先生现寓沪滨，潜心著作。曾设国学研究会，以与国人士相磋切。此篇其所撰《中国文学史略》之一也，为录于此，以资参考。

据陈玉堂《中国文学史旧版书目提要》[③]，胡著《中国文学史略》于1924年3月由梁溪图书馆初版，作者为胡怀琛（寄尘）。

然而，《台湾诗荟》乃在该书初版本出后次月记作者姓名为“胡韫玉（朴安）”。

① 北京：解放军文艺出版社2000年版。
② 福州：福建人民出版社1993年版。
③ 上海社会科学院文学研究所1985年印，非版本图书。

胡韫玉（朴安）与胡怀琛（寄尘）系同胞兄弟，并且都是南社社友。

此亦连雅棠同南社社友联系之事例也。

《台湾诗荟》所刊陆丹林、徐珂、姚光致连雅棠信，亦可见连雅棠同南社社友联系之种种情况。

陆丹林致连雅棠信谓：

久耳大名，恨未识荆。每读尊编《台湾诗荟》，琳琅满目，掷地金声，不啻文字上获瞻丰采，无任欣慰。兹有陈者，曩旅广州，曾荷蔡君哲夫为绘《红树室图》，并由友人于右任、赵石禅诸君题佳句，拟付装池，期垂久远。夙仰先生文章道义，彪炳南疆，而诗词秀逸，尤为同文钦迟。特陈宣纸，敢请赐题，藉增光宠。曷胜荣幸。陆杰夫敬白。八月廿四日（上海）[①]

陆杰夫即陆丹林，南社社友。信中提及的蔡哲夫、于右任亦为南社社友。

徐珂致连雅棠信谓：

远隔重洋，相思相望。比奉手札，垂注殷拳。感荷感荷。就谂起居万福，著作千秋，欣慰无量。《台湾诗荟》均已拜领，又承以大著台总通史见惠，尤纫盛意。俟寄到后，展读一过，当作一书后文以谢，并乞先将数十年来历史示知，以便彼时握管，何如？先生亦许□乎？高吹万仕金山县属之张堰，如寄书去，可说因弟而知彼也。专此道谢，敬请台安。徐珂顿首。一月十二日。（上海）[②]

① 引自《台湾文献汇刊》，第4辑，第17册，第68页。
② 引自《台湾文献汇刊》，第4辑，第17册，第424页。

姚光致连横信谓：

近于舍母舅高吹万先生处，获读尊辑《台湾诗荟》，不胜钦佩。非赏其文词而已。大作明季寓贤列传一篇，回环捧诵，审知阁下固今日之遗民，高蹈淑慎，以守先待后者也。兹有请者，光自幼竺志网罗明季文献。近方校刻乡先哲徐孚远之《钓璜台存稿》，并拟撰辑暗公年谱。惟暗公佐延平郡王幕府，久居贵地，而其事迹，以代远路遥，颇多模糊影响之谈，并知暗公在台有海外几社之结，且有社集刊行，亦求之不得。今何幸而遇阁下，既生长其地，又以表彰节义为事，尚祈力为搜访，凡关于暗公以及其交游之事迹著述，尽以见示，其所欣感，宁有极乎！《诗荟》有全份可得否？至《台湾通史》，必宏制世著，不少关系，均乞检存，一俟复到，当再备价讲取，一一拜读也。引领天南，欲言不尽，敬叩道安。鹄候德音。姚光顿首。六月廿一日。（金山）[①]

4. 连雅棠与闽、粤两地的“旧学家”

《台湾诗荟》录有黄师竹、林翀鹤和江孔殷等闽、粤“旧学家”致连雅棠信，从中可见其交往的情形。

黄师竹致连雅棠信谓：

鲤城鲲岛，一水迢迢。承示因小徒苏菱槎一言，月惠《诗荟》一册。藉谂先生等身著作，名山事业，早定千秋，健羡奚似！诗学一门，在中华今日已属短檠敝帚，弃置多年，而先生能扶大雅之轮，以作中流之砥，使祖国风骚，长留海外，月泉遗老，重见替人。钦佩莫

① 引自《台湾文献汇刊》，第4辑，第18册，第138页。

名，恨不获执鞭以备驱策耳。弟老夫年耄，邱迟之锦，夺去有年，愧未能搜索枯肠，效投稿诸公，厕名简末，惟有盥薇庄诵，击木扬声，俾我泉诸旧学家闻风兴起，家置一编，以期他日洛阳纸贵而已。此复，并致谢忱。黄师竹顿首。五月廿二日。（泉州）[1]

林翀鹤致连雅棠信谓：

四月间接到第二号《诗荟》。披诵之下，有语皆秀，无唾不香。当此新学群狺，风雅尽绝，兼以枪烟弹雨，天地为愁。寂寂穷庐，黯然沮丧。异书忽来于海外，行厨竟接于目前。欣忭莫名，回环靡厌。近又接第三、第六两号，惟第一、第四、第五计三号，横风吹断，想付洪乔，希即补寄，并祈连续。抑有请者，延平为诸葛□武后之第一人，而台海为王之益州，风流遗韵，视泉为多，如得搜罗遗像，或手札字迹，铸铜插画，俾遂瞻仰，凡有血气，应具同情也。此颂文祺。林翀鹤敬白。七月初一日。（泉州）。[2]

黄师竹，名鹤，泉州人，清光绪壬寅（1902）科举人；林翀鹤，字佑安，泉州人，清光绪甲午（1894）科举人，甲辰（1904）科贡士（未应殿试而返）。

江孔殷致连雅棠信谓：

邮筒寄咏，夙醉清吟。坛坫东南，下风泥首，春来想多佳趣，吟咏必多，尚当于月刊中一窥鳞爪耳。去冬敝公司发起诗钟征卷，兼资告白。第一场《金、叶，六唱》，不见有贵社中人投卷。当是道远寄

① 引自《台湾文献汇刊》，第4辑，第16册，第136页。
② 引自《台湾文献汇刊》，第4辑，第17册，第424页。

题未遍。第二场继续征咏，乞遍布同人。公为此间文坛牛耳，尚希不惜鼓吹，为敝公司生色。投卷规则，道远或有隔阂，不能依例之点，可概付通融，寄敝处代为料理，断不有误。肃请吟安。江孔殷叩。二月十五日。（广州）[①]

江孔殷，号霞公，广东南海人。清光绪甲辰（1904）科进士、翰林。江孔殷颇热衷于旧文学活动，《台湾诗荟》记：

羊垣英美烟公司前征“金、叶”诗钟，多至一万余卷，汇呈卢谔生先生维岳评选二百。近由江霞公太史惠寄诗榜一纸，佳作甚多，琳琅满目。爰将前茅十名，录登《诗荟》，以饷吟朋。[②]

附带言之。1926年9月，鲁迅在广州亦“知道澳门正在‘征诗’，共收卷七千八百五十六本，经江霞公太史（孔殷）评阅，取录二百名”。[③]

连雅棠关于大陆旧式文人的评介，亦是《台湾诗荟》里颇可注意的内容。

1. 关于辜鸿铭

连雅棠谓：

辜鸿铭先生此次来游，颇有讲演，而其论断，多中肯綮。如引“学而不思则罔思，思而不学则殆”二语，谓今之旧学者大多学而不思，新学者则以又思而不学。又曰：“大学之道在明明德、在亲民、

① 引自《台湾文献汇刊》，第4辑，第17册，第425页。
② 引自《台湾文献汇刊》，第4辑，第17册，第334页。
③ 引自《鲁迅全集》第3卷，北京：人民出版社1981年版，第479页。

在止于至善”，可为治国平天下之本，施之古今而不悖者也。[①]

2. 关于章太炎

《台湾诗荟》第13号（1925年1月）录章太炎诗12首，连雅棠跋曰：

太炎先生当代大儒，少读其文，心怀私淑。而诗绝少，为录十有二首，以饷读者。皆元音也。曩游燕京，曾谒先生于旅邸。时袁氏专国，惎间正人，幽诸龙树寺中，复移钱粮胡同。不佞每往请益，先生据案高谈，如瓶泻水，滔滔不竭。其后将归，乃以幅素求书，先生则书其诗曰：蓑墙葺屋小于巢，胡地平居渐二毛。松柏岂容生部娄，年年重九不登高。呜呼，中原俶扰，大道晦冥，愿先生善保玉体，俾寿而康，以发扬文运，此则不佞之所祷也。

3. 关于陈宝琛

《台湾诗荟》第19号（1925年7月）载陈宝琛《弢庵诗录》，连雅棠题曰：

弢庵先生，先朝耆旧，艺苑宗师，文采风流，久闻瀛峤。顷由令甥林君文访录示旧作十余首，爰登《诗荟》，以饷吟朋。

4. 关于郑文焯

《台湾诗荟》第3号（1924年4月）载《鹤道人论词书》，连雅棠跋曰：

① 引自《台湾文献汇刊》，第4辑，第17册，第62页。

鹤道人为现代词家，名著大江南北。曩游燕京，吾宗梦琴亦善词，以此书授余，久藏箧底。余自弱冠后，虽学倚声，而笔砚尘劳，心思粗劣，未能为缠绵悱恻之音，以是舍弃，潜修文史。今台湾诗学虽盛，词学未兴，为载于此，籍作指南。愿与骚坛一研求之。

鹤道人名郑文焯，号小坡，又号叔问，生于1856年，卒于1918年。

5. 关于某些旧式文人的不良行为

连雅棠谓：

作诗风雅事也，乃有窃他人之作以为己有者，是为诗贼。曩见杭州某月刊，固以诗词相标榜者，其主笔竟窃黄莘田之《惆怅词》三十首改为《恨词》，大书其名。彼盖以莘田为福建人，无有知者。然后香草笺流传甚广，又安能掩尽天下耳目哉。[①]

又谓：

坊贾射利，自古而然，乃有窃后人之诗词以入前人之集中者，此尤可恶。王次□《疑雨集》传世已久，而二十年来又有《疑雨集》出现，刻者以为秘本，然其中诗词则强半他人之作也。杭县徐仲可先生著《可言》十四卷，内言《疑雨集》之词百有二阕，有二十四阕为俞小甫师所作，亦有改窜题中人名者，盖惧阅者之识为近人窥见其隐耳。复检其余，亦皆古今他人之词，真恶作剧哉。按，俞小甫名廷英，吴县人，任浙江通判，著《琼华室诗词》。[②]

① 引自《台湾文献汇刊》，第4辑，第17册，第248页。

② 引自《台湾文献汇刊》，第4辑，第17册，第255页。

又谓：

今之所谓小说家，多剿拾前人笔记，易其姓名，敷衍其事，称为创作。曩在沪上，见某小说报，中有一篇题目为《一朝选在君王侧》，已觉其累，及阅其文，则纯抄《过墟记》之刘寡妇事，真是大胆。夫《过墟记》之流传，知者虽少，然上海毛对山之《墨余录》曾转载之。对山，同光时人，其书尚在。为小说者欲欺他人儿犹可，乃并欲欺上海人耶？①

三

从《台湾诗荟》、从上记事例和资讯，我们可以看到一个明显的事实：海峡两岸的文化交流从来不曾隔绝，即使在日据台湾时期，这一基本情况也没有改变。

① 引自《台湾文献汇刊》，第4辑，第17册，第255页。

多学科研究的视角
——以台湾文学研究为例

今年以来，我到中国人民大学人类学研究所讲了《闽台历史上的妇女问题》《民间信仰：世俗化、制度化及其他》。

我注意到，讲座主持人庄孔韶教授于讲座之前言、后语和插话中，反复引导听讲的同学关注多学科研究的视角。

响应庄孔韶教授的倡导，我选取了今天的讲题。我想从台湾文学作品的解读、台湾文学古籍的研究和台湾文学历史的编写三个方面，结合个人的研究心得来谈论多学科研究的视角。

一

鲁迅先生在谈及《红楼梦》时说：

> 谁是作者和续者姑且勿论，单是命意，就因读者的眼光而有种种：经学家看见《易》，道学家看见淫，才子看见缠绵，革命家看见排满，流言家看见宫闱秘事……[①]

鲁迅于此省略而未提及的应该可以包括人类学家的眼光等。

从人类学等多学科研究的视角来解读台湾文学作品，我们可以从中发现问题、从中举例取证，大作其文章呢。

兹举例言之。

（一）清代福州诗人刘家谋（1814—1853）在台湾府学训导任上

① 鲁迅：《〈绛洞花主〉小引》，引自《鲁迅全集》第8卷，北京：人民文学出版社2005年版，第179页。

（1849—1853）撰《海音诗》[①]100 首，诗记台湾岁时人事、饮食服饰、方言俚语、礼仪礼节等，引注翔实。其《海音诗》有诗云：

纷纷番割总殃民，谁是吴郎泽及人。拼却头颅飞不返，社寮俎豆自千秋。

十五年前，我在《台湾竹枝词风物记（二十五则）》一文里就此诗写道：

刘家谋于诗后有注云："沿山一带有学习番语、贸易番地者，名曰'番割'。生番以女妻之，常诱番出为民害。吴凤，嘉义番仔潭人，为蒲林大社通事。十八社番，每欲杀阿豹厝两乡人，凤为请缓期，密令两乡人逃避。久而番知凤所为，将杀凤。凤告家人曰：'吾宁一死，以安两乡之人'。既死，社番每于薄暮，见凤披发带剑骑马而呼，社中人多疫死者，因致祝焉，誓不敢于中路杀人，南则于傀儡社，北则于王字头，而中路无敢犯者。凤坟在羌林社，社人春秋祀之"。

刘家谋是诗并注，乃是关于吴凤之死的最早文字记载。其可注意者有四：其一，吴凤不是被误杀：其二，"生番"祭祀吴凤不是出于感恩或感悔，而是畏其散瘟为厉；其三，祭祀乃在坟头举行；其四，"生番"并未因吴凤之死而尽革杀人取头之恶俗，仅止于"不敢于中路杀人"而已。后来，从吴凤之死衍出许多情节，如：吴凤"决心牺牲自己生命来感化高山族同胞""高山族同胞欢呼奔上前去，翻过尸首一看，啊，竟是他们一向敬仰的吴通事！看到紧闭着双眼的吴通事，身上几处中箭的部位流着鲜血，许多高山族同胞因内疚而失声痛

① 刘家谋《海音诗》有多种版本。本文根据的是《台湾文献丛刊》本（《台湾文献丛刊》第 28 种）。

哭起来”“他们深深地悔恨自己的罪过”“庙内搭了个祭台，他们定期在这儿举行纪念吴凤的祭典”“高山族同胞表示永远听吴凤的话，不再斩杀人头”云云。

现在我们看到的吴凤故事里，有许多神话的成分。“神话越传越神”，神话是当不得事实的。①

研究吴凤传说和吴凤信仰，显然不当忽略刘家谋当年的报告。然而，我们还可以从刘家谋当年的报告里发现另外一个问题：汉族关于厉鬼的观念、关于厉鬼散瘟为厉的说法，也留存和流传于以“出草”（即杀人取头并以所割取的人头当作夸耀）为俗的当地少数民族住民吗？刘家谋的报告是不是发生了“文化识盲”② 的问题呢？这显然是人类学家应该答问的。

在台湾文学史上，和刘家谋及其《海音诗》一样以采风问俗为能事的作家、作品是很多的，我在《民俗、方言与台湾文学》一文里列举了数十位作家、数十种作品：

清代台湾采风诗之主要作家、主要作品有：齐体物《番俗杂咏》；高拱乾《东宁十咏》；郁永河《台湾竹枝词》《土番竹枝词》；孙湘南《裸人丛笑篇》《秋日杂咏》；阮蔡文《淡水纪行诗》；蓝鼎元《台湾近咏》；黄叔璥《番俗杂咏》；郑大枢《风物咏》；夏之芳《台湾杂咏》；吴廷华《社寮杂诗》；范咸《台江杂咏》《再迭台江杂咏》《三迭台江杂咏》；孙霖《赤嵌竹枝词》；卓肇昌《东港竹枝词》《三畏轩

① 引自拙著《台湾社会与文化》，福州：海峡文艺出版社 1994 年版，第 139 页。

② 所谓“文化识盲”，指研究者以其自身的文本（所负载的理论 / 文化）来解读被研究者的文本而使文本解读陷入盲区。参见古学斌、张和清、杨钧聪：《专业限制、文化识盲：农村社会工作实践中的文化问题》，载《社会学研究》2007 年第 6 期。

竹枝词》；蒋士铨《台湾赏番图》；周芬斗《诸罗十二番社诗》；朱仕玠《瀛涯渔唱》；谢金銮《台湾竹枝词》；陈廷宪《澎湖杂咏》；周凯《澎湖杂咏和陈廷宪别驾》；施琼芳《盂兰盆会竹枝词》《北港进香词》；彭廷选《盂兰竹枝词》；刘家谋《台海竹枝词》《海音诗》《海东杂诗》等；陈肇兴《赤嵌竹枝词》《番社过年歌》；黄敬《基隆竹枝词》；郑用锡《盂兰盆词》；查元鼎《澎湖竹枝词》；陈维英《清明竹枝词》；张书绅《端午竹枝词》；傅于天《葫芦墩竹枝词》；王凯泰《台湾杂咏》《台湾续咏》；何澂《台阳杂咏》；马子翊《台阳杂兴》；吴德功《台湾竹枝词》《番社竹枝词》；许南英《台湾竹枝词》；周莘仲《台湾竹枝词》；李振唐《台湾竹枝词》；陈朝龙《竹堑竹枝词》；黄逢昶《台湾竹枝词》；丘逢甲《台湾竹枝词》；屠继善《恒春竹枝词》，等等。

清代台湾风土笔记之较著者有:《稗海纪游》（郁永河，1697）、《台海使槎录》（黄叔敬，1742）、《台海见闻录》（董天工，1751）、《海东札记》（朱景英，1772）、《蠡测汇抄》（邓传安，1830）、《问俗录》（陈盛韶，1833）、《一肚皮集》（吴子光，1873）、《东瀛识略》（丁绍仪，1875）、《台阳见闻录》（唐赞衮，1891）等。[①]

（二）台湾现代作家吕赫若（1914—1951）的小说《石榴》[②]描述了招赘婚的种种情况：

1.《石榴》里的金生、大头和木火三兄弟，除木火未婚而死外，金生和大头的婚姻均属于招赘婚。这从一个侧面说明招赘婚曾是台湾社会常见的婚姻形式之一。

① 引自拙著《闽台历史社会与民俗文化》，厦门：鹭江出版社 2000 年版，第155—156 页。

② 收《吕赫若小说全集》，台北：远景出版社 1979 年版。

2. 招赘婚可以分为招入婚（随妻居）和招入娶出婚（婚后一段时间，赘夫携妻返回本家居住）。金生的婚姻显然属于招入娶出婚："入赘的条件只说八年，之后就无条件让他独立"。

3. 招赘婚生育的儿子之随父姓或随母姓的问题婚前须有规定。所生第一个儿子必须随母姓，这在台湾民间叫"抽猪母税"。《南投县婚丧礼俗》记：

（随妻居的赘婿）其子中至少一人即长子仍然姓妻姓外，其余的子女均姓赘婿之姓。而招入□（娶）出的赘婿自己无须改其姓氏，但亦至少其长子亦需与其妻同姓，其余的子女才姓自己之姓。此种因入赘所生的子女与妻同姓者俗称为"抽猪母税"。

据云抽猪母税的来由乃因古时有人将自己的小母猪免费送他人饲养，或以大的母猪借他人饲养，直至此母猪生产小猪时则可向饲养的借方要回原已讲明的小猪头数，以抽回小猪作为送人或借人母猪的代价。[①]

所生儿子里必须有一个随母姓，则叫"讨鸡母税"。《闽南话漳腔辞典》于"讨鸡母税"条下记：

一种当地的民俗，上门女婿结婚前商定婚后所生的儿子必须有一个姓女方的姓。[②]

① 引自《南投县婚丧礼俗》（《南投文献丛辑》第19辑），台北：台湾省南投县文献委员会1972年版，第28页。

② 引自陈正统主编：《闽南话漳腔辞典》，北京：中华书局2007年版，第521页。

金生的妻家“是一个母亲一人、兄嫂有两个小孩的家庭”，“为妹招夫的动机是希望有个劳动的帮手”，不存在子嗣承继方面的问题和考量，所以婚前约定“并没有说生下来的小孩归属于他们家”。

4. 金生是长子，他的招赘婚具有特殊性，按照宗法制度的规定，长子、长孙、长曾孙、长玄孙……的承继系统始终代表男性始祖的正体，是“百世不迁”的。金生“生活这般贫困如果不入赘他家，是无法娶妻的”，作为长子更有“不孝有三，无后为大”的压力，因而接受了招赘婚。

那么，作为长子，金生在妻家如何处置自家的祖先牌位呢？这在人类学著作里是未见报告的。《石榴》的报告是：

> 因为入赘，所以他祖先的灵位放入吊笼，设置在稻壳脱壳的房间里。妻子在堆积谷笼的角落，抱着婴儿，两侧站着两个儿子，正等待他的归来。金生从梁上把挂着的吊笼拿下来，摆在长椅上，将祖先的牌位放入笼里，前面摆着供物……

（三）拙稿《民俗、方言与台湾文学》[①] 指出：

> 民俗和方言本来就有一层如影随形的关系。民俗学家顾颉刚尝谓：“以风俗解释方言，即以方言表现风俗，这是民俗学中创新的风格，我深信其必有伟大的发展。”顾颉刚肯定的是人类文化语言学（ethnolinguistics）的研究方向，亦即民俗和方言的密切关系。民俗和方言共同介入台湾文学，主要是由这层关系约定的。

① 收拙著《闽台历史社会与民俗文化》。

又指出：

一部《光复前台湾文学全集》（1920—1945）简直就是一部“台湾民俗志”和“台湾方言词汇”的合订本。

我从《光复前台湾文学全集》举例取证，其中之一是：

村老的《断水之后》（1931）里有一句骂人的话：“干恁开基外祖”。什么叫“开基外祖”呢？在历史上，台湾社会是一个移民社会。移民的艰难困苦和单身移民的比例使得招赘婚成了台湾移民社会里常见的婚姻形式。招赘婚（uxorilocality）在台湾可以分为招入婚（随妻居）和招入娶出婚（婚后一段时间，赘夫携妻返回本家居住）。招赘婚的婚生子女在未分家前，厅堂上同时供奉父、母两姓的祖先牌位，母性祖先为主系祖先，父姓祖先为外姓祖先；分家后，则各自供奉本姓祖先为主系祖先，对方姓氏祖先为外姓祖先。“开基外祖”就是外姓祖先，“干恁开基外祖”在台湾曾是一句流行的粗话，除了“操你祖宗”的用意外，还有用招赘婚来羞辱人的用心。

二

10 余年前，有台湾学界友人批评我对台湾竹枝词的研究缺乏“文学审美”。对此，我低头不语。在我看来，学术研究应该有分工，各工种之间不当互相排斥。

顾颉刚先生曾经说：

我以为各人有各人的道路可走，而我所走的路是审查书本上的史料，别方面的成绩我也应该略略知道，以备研究时的参考……建筑一所屋子，尚且应当有的人运砖，有的人畚土，有的人断木，有的人砌墙，必须这样干了方可有成功的日子。各人执业的不同，乃是一件大工作下的分工。何尝是相反相拒的勾当！……我深信，在考证中国古文籍方面不知尚有多少工作可做，尽我们的一生也不过开了一个头而绝不能终其事。①

我对台湾竹枝词研究的工作和工作成果包括了如下一段论述：

连横《台湾诗乘》记："仙根在台之时，著有《柏庄诗草》，乙未之役散佚，闻为里人所得。傅鹤亭曾向借抄，弗许，故未得。其旧作唯台湾竹枝词四十首，久播骚坛，为选二十，以实《诗乘》"，并记所选二十首之中"第九、第十五、第十八、第十九，与周莘仲广文台阳竹枝词之第七、第三、第一、第四首相同，恐为抄传之误。"

周莘仲，名长庚，福建侯官人，清代同治壬戌（1862）举人，曾任建瓯、彰化等地教谕。唐景崧在《诗畸》卷首之序文中称周莘仲为善于"诗钟"的"闽中作手"（黄得时《唐薇卿驻台韵事考》录唐氏序文时，误将"周莘仲广文长庚"读为"周莘、仲广、文长庚"，见《台湾文献》第十七卷第一期）。

我们曾见《周莘仲广文遗诗一卷》，封面有陈宝琛题签，其文曰："周教谕遗诗，陈宝琛题"。卷首并有林琴南作于乙未（1895）年五月的序文一篇，序文中说明是书曾经江伯训、林琴南校阅。书中收有《台湾竹枝词十三首》。

① 顾颉刚：《战国秦汉间人的造伪与辨伪》，引自顾颉刚：《汉代学术史略》，北京：东方出版社 1996 年版，第 211 页。

兹从《柏庄诗草》中检出已见于《周莘仲广文遗诗一卷》之“台湾竹枝词”凡八首：

黑海惊涛大小洋，草鸡（周本作“朱明”）去后辟洪荒。一重苦露（周本作“雾”）一重天，人在腥风蜑雨乡。

竹边竹接屋边屋（周本作“竹边屋接竹边屋”），花外花连楼外楼（周本作“楼外花连花外楼”）。客燕不来泥滑滑，满城风雨正骑愁（周本作“秋”）。

红罗检点挂（周本作“嫁”）衣裳，艳说糖（周本作“糍”）团馈婿乡。十斛槟榔万蕉果，高歌黄竹女儿箱。

盘顶红绸（周本作“绡”）裹鬓丫，细腰雏女学当家。携（周本作“筠”）篮逐（周本作“小”）队随娘去，九十九峰采竹牙（周本作“歌采茶”）。

鲲鯓（周本作“沙鲲”）香雨竹溪孤，海气（周本作“氛”）笼沙掩（周本作“蔽”）画图。衬出觉王金偈地，斑支花蕊（周本作“花底”）绿珊瑚。

峰顶烈焰火光奇，南纪冈峦仰大维。寄语沸泉休太热，出山终有冻流时（周本作“作冻时”）。

竹子高高百尺幡，盂兰盛会话中原（周本作“中元”）。寻常一饭艰难甚，粱肉如山饷鬼门。

贺酒新婚社宴（周本作“生番婚宴”）罗，双携雀嫂与沙哥。鼻箫吹裂前峰月，齐叩铜环起跳歌。[①]

谁谓此番工作、此等工作成果无关紧要呢？

现在，我来谈谈台湾文学古籍的研究。

① 引自拙著《台湾社会与文化》，第209—210页。

拙稿《〈台海击钵吟集〉史实丛谈——兼谈台湾文学古籍的学术分工》[1]一文做了三项工作。

1. 考证《台海击钵吟集》版本和内容方面的问题，澄清了“《台海击钵吟集》出版于1908年，是书为1886—1889年间竹梅吟社同人的击钵吟汇编”的误解；

2. 从《台海击钵吟集》所收林痴仙的击钵吟作品，澄清林痴仙《无闷草堂诗存》“不录击钵吟”的不确之说。

3. 从《台海击钵吟集》选取史料，包括缠足、婢女、历法和日据台湾时期闽、台两地交流交往的相关史料。

临末指出：

同任何一地、任何一类的古籍之研究一样，台湾文学古籍研究本有学术分工，“审查书本上的史料”（包括史实考证）亦其工种之一；我们对于台湾文学古籍如《台海击钵吟集》，一册在手，可以从文学的、审美的角度来阅读，以评估其文学的或美学的意义；也可以从史学的、审查的态度来解读，以发现其史学的或社会学的价值。在我看来，台湾文学古籍的史学价值和社会学价值亦是研究者应当留意的部分。

台湾文学古籍的研究也需要其他学科研究的支持。我对台湾闽南语歌仔册的研究很大程度上乃得力于语言学的研究。如：

《最新百花歌》有“世间做人真荒花”句。“荒花”一语怎么读、什么义？闽南语方言区年老如我、年长于我的许多老人多已不知其

① 收拙著《闽台地方史研究》，福州：福建教育出版社2008年版。

音、义。我近见台湾某学者在其谈论闽南语歌仔册的文章里亦为“荒花”一语纳闷。但此公似乎已无研究“荒花”音、义的兴趣，转而侈谈其“台语”脱离“华语”之论：“（荒花）等词，则明显是由华语直接借用而来，就台湾一般的口语而言，也是格格不入的。相对地，台湾的书写读来则大多通畅无阻，这显示台湾的歌仔册书写已渐脱离其所从来的源头。”此番言论即使在学术上也是不确之论。政治的偏见往往导致学术的倾斜，此其例也。实际上，“荒花”一语在闽南语里曾是常用词，《新刻过番歌》（“南安江湖客辑”，“厦门会文堂发行”）也有“荒花留连数十载”句。据 1899 年出版的《厦门闽南语之汉英字典》（Chinese-English Dictionary of Vernan Language of Amoy）第 2 版第 136 页，“荒花”音为 [ha hue]，意为凄凉即无助的（desolate）、无用的（laid waste）、凄乱即无序的（all in disorder），无助、无用而无序，意近于“无奈”。[①]

三

1990 年，我在刘登翰等教授主持下参与《台湾文学史》的编写（该书上、下卷分别于 1991 年 6 月、1993 年 1 月由海峡文艺出版社出版，全书于 2007 年 9 月由现代教育出版社再版）。

记得梁启超先生尝谓：

做文学史，要对文学很有趣味、很能鉴别的人方可以做。他们对于历代文学流派，一望过去即可知属某时代，并知属某派。比如讲宋

① 引自拙著《闽台缘与闽南风》，福州：福建教育出版社 2006 年版，第 217—218 页。

代诗，哪首是西崑派，哪首是江西派，文学不深的人只能剿袭旧说，有文学修养的人一看可以知道。①

然而，我的深切体会却是：

作为史学著作，文学史著的写作往往由中文（国文）系（所）出身的学者来完成。由于缺乏严格的史学训练，史学常识错误常常也被带进书中。我在写作《台湾文学史·近代文学编》时，曾参阅在大陆获奖的某词典中关于“刘家谋”的词条，从中接受了“台湾府学教谕”这样的常识错误，清代府、厅、县学各设教授、学正、教谕一人以主其事，又设训导副之。刘家谋曾任宁德县学教谕，到台后担任的是“台湾府学训导”。又，我根据清代科举史料断言：“刘家谋的生平，一般史志均据刘家谋的卒年（1853）和享年（40岁）推算为1814年。据《清代福建乡会珠卷齿录汇存》中刘家谋亲自填写的履历，刘家谋生于嘉庆乙亥（1915）2月16日。”

近读朱彭寿《安乐康平室随笔》（中华书局1982年版），始知自己制造了错误。《安乐康平室随笔》记：“文人为士大夫撰墓志传状，于生卒年岁最宜详考，稍不经意，即易传讹。犹忆光绪壬辰八月间，寿阳祁文恪师世长，卒于工部尚书任内，时年六十有九，实生于道光甲申。然旧时所刻乡会试朱卷，则皆作乙酉生，盖循俗例，应试时少填一岁耳（少填岁数，南宋《登科录》中即已如是）。迨接讣告，乃云生乙酉、卒壬辰、享寿六十有九。以生卒干支与年岁计之，殊不相应。余心知其误，然以无甚关系，故往吊时亦未与文恪后裔言及也。后读王益吾祭酒《虚受堂文集》，其所撰《文恪神道碑》，则云生乙

① 梁启超：《中国历史研究法》，北京：东方出版社1996年版，第337页。

酉、卒壬辰、享寿六十有八，殆乃据讣告所载，而以年岁推算不合，遂减去一岁，俾与生卒干支相符。然文恪实年，则竟遭改削矣。恐他人文集中似此者正复不少，且所叙生卒干支，与年岁不相应者，亦往往有之。偶阅疑年正续诸录，有因年岁不合，辄多方引证以说明者。爰举文恪事以破其疑，并为当代文人操觚率尔者勖。”

我为《台湾文学史·近代文学编》里的过失感到不安，特借此机会提出更正，并以此事例说明向史学界者请益在文学史编述工作中的必要性。据我所知，海峡文艺出版社出版的《台湾文学史》在编写过程中有邓孔昭（厦门大学副教授）、杨彦杰（福建社会科学院副研究员）两位历史学者参加了意见。他们为该书祛斑、增色，功亦不可没也。[①]

我在1993年10月18日，在15年前写了以上一段文字。我表达的是对于多学科研究的视角和多学科分工合作的期许和期盼。

文学史是一种专门史。在文学史编写过程里，文学同史学的合作实际上是文学史研究同其他专门史研究的合作。

我在《台湾文学史·近代文学编》里写道：

1877年（光绪三年丁丑），丘逢甲参加台南院试（童子试的第三级考试）。主是年院试的福建巡抚丁日昌询知逢甲姓名、生年后说“甲年逢甲子。”逢甲闻言对以：“丁岁遇丁公。”[②]

在这段文学史实的背后，有制度史研究的成果做支撑：

---

① 引自拙著《台湾社会与文化》，第247—248页。

② 引自刘登翰等主编：《台湾文学史》，第1册，北京：现代教育出版社2007年9月再版，第263页。

1. 丘逢甲生于清同治三年甲子（1864）。“甲子”既是干支历年之首，又是对逢甲的称谓。以“甲子”入于联中，则“甲年逢甲子”至少涵有二义：甲年（甲子、甲戌、甲申、甲午、甲辰、甲寅）周而复始适逢甲子之年；甲年（甲子之年）恰逢甲子（谓丘逢甲）诞生。逢甲所对“丁岁遇丁公”就更加巧妙了。“丁岁”乃丁丑岁的简称，“丁公”是对丁日昌的尊称。“丁岁遇丁公”除了“在丁丑岁得遇丁公”之意，还兼有知遇感恩的用意，字字恰到好处，无怪乎丁日昌闻言大喜了。

这里涉及了历法（干支纪年法）制度和科举制度。

2. 主持院试本是各省“提督学政”的职责。从1684年到1895年，台湾的“提督学政”，先后由分巡台厦兵备道（1684—1721）、分巡台厦道（1721—1727）、巡台御史（1727—1751）、分巡台湾兵备道（1752—1874）、福建巡抚（1875—1877）、分巡台湾兵备道（1878—1888）、台湾巡抚（1888.10—1895）兼理。光绪丁丑之岁（1877）正是福建巡抚主持台湾学政的年头，丘逢甲这才有了“丁岁遇丁公”的机会。

这里涉及了科举制度以及职官制度史研究的成果。

我也曾从语言和文学的关系、从语言学的视角来考察台湾现代文学的历史，考量台湾现代文学作品的分类、台湾现代文学史的分期和台湾现代作家创译用语的分析。拙稿《语言的转换与文学的进程——关于台湾现代文学的一种解说》[①]一文里指出：

台湾现代文学（包括现代时段的台湾新文学）及其历史的研究始于台湾光复初期，亦即台湾现代文学史的最后阶段（1945—1948）。

① 收拙著《闽台区域社会研究》，厦门：鹭江出版社2004年版。

在此一研究领域，台湾学者王锦江（诗琅）的《台湾新文学运动史料》（1947）乃是最早，亦是最好的论文之一。王锦江此文留意及于台湾现代作家的写作用语、留意及于台湾现代文学在日据时期发生的“一种特别的、用中文和日文表现的现象”。

于今视之，王锦江当年留意的问题似乎很少受到留意，由此而有弊端多多。例如，有台湾现代文学史论著对台湾现代作家吴浊流的文言作品完全未予采认，对其日语作品，则一概将译文当做原作、将译者的国语（白话）译文当做作者的国语（白话）作品来解读。我们可以就此设问和设想，假若台湾现代文学作品在写作用语上的采认标准是国语（白话），文言不是国语（白话），文言作品固当不予采认；但日语也不是国语（白话），日语作品为什么得到采认？假若日语作品的译者也如吾闽先贤严复、林纾一般，将原作译为文言而不是国语（白话），论者又将如何措置？另有语言学研究论文亦将吴浊流作品之译文当做原作，从1971年的国语（白话）译文里取证说明作品作年（1948）之语言现象。

又指出：

作为一个历史时期的遗留，我们今天看到的台湾现代文学作品略可分文言作品、国语（白话）作品和日语作品。其中，部分日语作品发表前已经过译者译为国语（白话），已经过一个语言转换的过程，如杨逵作、潜生译的《知哥仔伯》，叶石涛作、潜生译的《澎湖岛的死刑》和《汪昏平·猫·和一个女人》；大部分日语作品则在发表后经过译者译为国语（白话）、又经过一个语言转换的过程。因此，对台湾现代文学作品还应有原作和译文之辨；对于译文又当注意各种译本之别，如吕赫若作品之施文译本、郑清文译本和林至洁译本等。

某些台湾现代文学作品的创作过程其实是一个语言转换的过程、一个亦创亦译的过程。如赖和作品的从文言初稿到国语（白话）夹杂方言的定稿，吕赫若作品的从方言腹稿到日语或国语（白话）文稿。与此相应，台湾现代作家的创作用语其实可以称为创、译用语，它涉及文言、国语（白话）、日语和方言。

并且指出：

台湾现代作家的写作用语从第一阶段的文言加上国语（白话）和日语，到第二阶段的文言和日语，再到第三阶段的完全采用国语（白话），恰是一个起承转合的过程，从起到合又恰是一个从文言到国语（白话）的过程。

西观楼藏闽南语歌仔册《台省民主歌》之研究

一

福州大学施舟人（K. M. Sehipper）、袁冰凌教授伉俪创建的西观藏书楼藏有20世纪60年代从台湾收集而来的歌仔册近千种，其中包括闽南语歌仔册《台省民主歌》之石印本和手抄本各1种。

查旧日笔记，我于1987年11月12日、于初涉台湾近代文学研究之时，从《台北文物》摘录了如下一则资讯：

> 日军侵占台湾后，岛内各地曾流行着一部《台省民主歌》，这歌的唱本，是光绪丁酉年秋季，由上海点石斋印行的，光绪丁酉是日军侵入后二年，因为年代相距不远，所以歌咏当时台湾民主国抗战情形，颇为详尽，虽然所唱诸事，未必尽与事实相合，但是颇可供作研究当时的历史比照资料。①

其后，又见林清月《台湾民谣》记：

> 光绪二十七年有署名采访生采集的二首俗歌，一为《西仔反歌》，一为《台湾民主国歌》。②

并见连横《雅言》记：

① 引自廖汉臣：《詹振抗日考》，载《台北文物》第3卷第1期，1954年。福建社会科学院图书馆藏《台北文物》第三卷之“借阅卡”留有我首次（1987年11月12日）借阅该书的记录。

② 林清月：《台湾民谣》(1948年)，转引自谢云声《台湾情歌集》，第127页，厦门闽南文化研究所印，2000年12月。

台湾有盲女者，挟一月琴，沿街卖唱，其所唱者，为《昭君和番》《英台留学》《五娘投荔》，大都男女悲欢离合之事。又有采拾台湾故事，编为歌辞者，如《戴万生》《陈守娘》及《民主国》，则西洋之史诗也。[①]

另见施博尔（K. M. Sehipper）《五百旧本歌仔册目录》4录有《台省民主歌》之目。

我初耳“施博尔”之名，亦当1987年11月。其时，我从《台南文化》第9卷第3期（1972）所载黄典权《清进士题名碑中之台湾进士》见有“前年走访寓南（按，即台南）之荷兰留学人施博尔先生”之语。

从1987年11月、从初涉台湾近代文学研究以后，我常留心访求《台省民主歌》，亦颇关心施博尔先生及其收集的“五百旧本歌仔册”的下落。

2003年2月，我在写作《地域历史人群研究：台湾进士》5时注意到，施博尔先生与今之福州大学特聘教授施舟人先生的英文名完全相同。通过电话请教，终于证实：黄典权教授当年在台南所见“荷兰留学人施博尔先生”即现任福州大学特聘教授的施舟人（K. M. Sehipper）先生。

2004年3月，施舟人先生当年在台湾收集的歌仔册（包括1965年以前在台湾台南收集的500种和1965年以后从台湾新竹、台中等地收集的数百种）正式成为福州大学西观藏书楼的馆藏。

牛津大学博德利图书馆（Bodleian Library）收藏的19种歌仔册，在20世纪60年代曾引起国际汉学界的广泛注意。福州大学西观藏书

① 连横:《雅言》,《台湾文献史料丛刊》第166种，第36页。

楼在此一方面的馆藏，自当弥足珍视。

蒙施舟人、袁冰凌教授伉俪的厚意，我在福州大学西观藏书楼得以借阅馆藏全部之歌仔册，并且获赠《台省民主歌》之石印本（上海点石斋光绪丁酉秋季刊本）和手抄本之影印件各 1 种。

下文拟就《台省民主歌》涉及的文读与白读、脱文与缺页、印本与抄本、口传与笔录、史诗与史实、唱本与读物以及国家认同的观念与台湾人民的爱国主义传统诸问题，逐一考证辨析。

二

据《台省民主歌》石印本估算，《台省民主歌》之足本应有 179 段、5012 字。

《台省民主歌》的用韵属于句句押韵（每句 7 字）、逐段换韵（每段 4 句）。此一状况，从《台省民主歌》石印本之 1.1—8.4 句即 1—8 段已见其定式：

说出清国一条代，边出一歌唱出来。台湾事志天下知，造出火车先出来。

新造火车行铁枝，无脚能行不真奇。钦差设计想计致，百姓闻名少念伊。

百般心思用一疼，造起火车卜再人。就看日子卜兴工，各位路头设票房。

火车却客吹水螺，卜放尽磅着添火。大甲溪中造难过，并无贤人可收尾。

钦差告老到家中，坏伊手尾唐景松。台湾千军万马将，一时返背心奸雄。

鸿章东洋通日本，卜征满洲光绪君。在伊打算一半允，望卜江山对半分。

说到京城李鸿章，奸臣心肝真正雄。本身朝内佐宰相，何用甲伊去通商。

鸿章见用奸臣计，去通日本打高丽。返来朝中见皇帝，五路港口着尽把。

以上 1.1—1.4 句之代、来、知、来押 [ai] 韵，其中“知”用白读 [ctsai] 而不用文读 [cti]；2.1—2.4 句之枝、奇、致（智）、伊押 [i] 韵；3.1—3.4 句之疼（冬）、人、工、房押 [aŋ] 韵，其中“人”用白读 [claŋ] 而不用文读 [clin]，“工”用白读 [ckaŋ] 而不用文读 [ckɔŋ]；4.1—4.4 句之螺、火、过、尾押 [e] 韵，其中“过”用白读 [ke?] 而不用文读 [ko?]；5.1—5.4 句之中、松、将、雄押 [i?N] 韵；6.1—6.4 句之本、君、允、分押 [un] 韵；7.1—7.4 句之章、雄、相、商押 [iɔŋ] 韵；8.1—8.4 句之计、丽、帝、把押 [e] 韵。

“文白异读”在闽南方言各自成系统，有充分和典型的表现。利用文读、白读的变换来押韵，是《台省民主歌》用韵方面的一个特点。我在上文已指出“知”“工”“过”各有文、白两读，用其白读始得合韵，这里还要举出用文读来押韵的例证：

1. 42.1—42.4 句（“尾省头人真不通，封伊抚台民主王。未曾拉旗人就广，敢能为伊去沉亡”）之通、王、广、亡押 [ɔŋ] 韵，其中“通”用文读 [ct?ɔŋ] 而不用白读 [ct?aŋ]；

2. 84.1—84.4 句（“今年光绪大落难，诛着日本占江山。百姓逃走真千难，下天下地求平安”）之难、山、难、安押 [an] 韵，其中“山”用文读 [csan] 而不用白读 [csuã]；

3. 107.1—107.4 句（“顶年通庄现由景，五月十三小文明。今年十三那者净，亦是反乱未太平”）之景、明、净、平押 [iŋ] 韵，其中“明”用文读 [꜀biŋ] 而不用白读 [꜀biã]。

以“句句用韵（每句 7 字），逐段换韵（每段 4 句）”的定式衡之，我们可以发现《台省民主歌》石印本有 5 处脱文：

1. 24.1—24.4 句（“台南下府尔主意，台北景松去料理。户尾交代杨希宾，圭隆朝栋也忠臣”）之意、理押 [i] 韵，宾、臣押 [in] 韵；26.1—26.4 句（“呵悔卜守户尾港，身中得病不知人。倒落房中身世重，日本未来过工空”）之港、人、重、空押 [aŋ] 韵；24.4 句与 26.1 句之间只有“三条港脚有人镇，百般大志无要谨”之镇、谨押 [in] 韵。显然，第 25 段脱 2 句凡 14 字；

2. 78.1—78.4 句（“日本来到虽时净，惊了人家有住兵，卜去巡查手夯铳，一间看了过别间”）之净、兵、铳、间押 _[iN] 韵；80.1—80.4 句（“和记李春告番口[①]，日本来打当买茶。夏茶今年大好计，那卜趁钱尽一下”）之口（势）、茶、计（价）、下押 [e] 韵；78.4—80.1 句之间只有“十二安民水返脚，街头巷尾占块查”之脚、查押 [a] 韵。显然，第 79 段脱 2 句凡 14 字；

3—4. 89.1—89.4 句（“圭良到城有五步，水返脚圭一半路。一日卜走真千苦，此去卜设司令部”）之步、路、苦、部押 [?] 韵；92.1—92.4 句（“不少日本脱库口，赤身路骨一时间。力人鸡鸭满六万，正人看见惊甲瘦”）之口、间、万、瘦押 [an] 韵；89.4—92.1 之间有“总督一日直入城，城内敢着设县厅”）之城、厅押 [iã] 韵，又有“日本入城未几时，后面再来是戈里”之时、里押 [i] 韵。显然，第 90 段脱 2 句凡 14 字，第 91 段亦脱 2 句凡 14 字。

---

① 《台省民主歌》之石印本和手抄本于此均用“势”的俗写，“告番口（势）”似为“靠番势”。

5. 152.1—152.4 句（“廿六早起兴大队，用计排阵打者开。呆人口须走别位，克开百姓死归堆”）之队、开、位、堆押 [ui] 韵；154.1—154.4 句（“戈里走入府城内，总督县厅全全知。扫官千总都凡在，虽时点兵卜去口”）之内、知、在、口押 [ai] 韵；152.4—154.1 句之间只有“廿八西盛来岂到，相招来走放乎伊”（按，“来岂到”似应为“来到岂”，“岂”取文读音近于“此”）即“廿八西盛来到岂，相招来走放乎伊”之岂、伊押 [i] 韵。显然，第 153 段脱 2 句凡 14 字。

以石印本同手抄本相比照，我们发现手抄也存在上记脱文，并且发现石印本和手抄本共同的错、讹问题。如，石印本 30.3 句“卜献江山还皇帝”之“帝”应为“上”，始合于上、下文之章、松、上、终之 [iɔŋ] 韵，手抄本于此亦误；又如，石印本 82.4 句“城内军宗众人搬”、102.4 句“甲人军宗着去交”、103.4 句“庄中打买追军宗”之“军宗”应为“军装”，“军宗”属于生造的讹词，手抄本亦用此讹词。

当然，手抄本和石印本也有各自的缺、脱、错、讹问题。兹举 3 例：

1. 手抄本每页 16 句。首页首句“光绪力话应鸿章”为石印本的 9.1 句。显然，手抄本缺 32 句（1.1—8.4 句）、缺 2 页；

2. 手抄本于“五月时节来交城”（石印本之 14.4 句）与“未曾出战先行文”（石印本之 15.2 句）之间脱 1 句凡 7 字（石印本之 15.1 句，文为“日本好汉打汝顺”）；

3. 石印本 66.1 句“初六基隆陈大镜”之“镜”应为“铳”；石印本 89.1 句“圭良到城有五步”之“圭良”应为“基隆”、“步”应为“颇”[①]；石印本 107.1 句“顶年通庄现由景”之“由景”应为“游境”；

① “颇”作为量词，在闽南方言里指“5 里”。“五颇”相当于 25 里，岂是“五步”能及。“五步”属于讹词。

石印本 132.3 句之“众圭图记来保认”之“圭”应为“街”。

三

《台省民主歌》之石印本和手抄本有共同的脱文、错字和讹词，这说明石印本和手抄本有相当密切的关联。

我们无法辨明其间的孰先孰后问题，但可以认定：石印本和手抄本均后于口传本，是口传本的文字记录。

手抄本篇末有“借问只歌乜人骗（编），正是晓神良君先”之语，宣称《台省民主歌》的编者是名为“良君”、人称“先生”（在闽南方言里，“先”即“先生”）的某人。

从口传到笔录，《台省民主歌》不仅在口头，也在书面留存下来、流传开来。在此一过程中可能发生的状况包括：

1. 同一口传本衍出不同的笔录本；

2. 不同的笔录本作为唱本介入口传流程，并在一定程度上影响口传的品质、促进口传本的变动并由此而有大同小异的多种口传本；

3. 笔录本经改抄而有不同于底本的改抄本。

在我看来，《台省民主歌》之石印本和手抄本既可能是同一口传本衍出的两种笔录本、也可能是两种不同口传本的各自的笔录本。当然，也不能排除两本之间一为底本，一为改抄本的可能。

作为笔录本之一种，《台省民主歌》石印本封面标明“光绪丁酉秋镌”“上海点石斋石印”，折页处有“上海书局”字样。上海点石斋印书局（简称“上海书局”）创办于 1879 年，附设于上海《申报》馆（《申报》创刊于 1872 年）。“光绪丁酉”为 1897 年。就我从西观楼的馆藏所见，日据时期在台湾流传的歌仔册（包括刻印本、石印本和活字印本）有相当部分是由开设于厦门二十四崎顶和泉州道口街的书坊印行的。《台省民主歌》石印本乃由上海点石斋书局印行，又在台湾流传和留存，此一史实、此类史实证明：日据时期海峡两岸文化交流并不曾“阻断”。

台湾学者黄得时教授尝谓：

我在学生时候都不愿意正当的功课，天天都是欢喜看那个歌仔书，什么《吕蒙正》、《大舜耕田》、《刘廷英卖身》，共他很多种，可是，都并不是当作歌谣看，是像看小说那么样，目的是在看故事，那时候人家最喜欢的还是七字仔。里头有很有兴趣的，“阿君要返我要留，阿君神魂用纸包。待君返去阮来解，包君神魂在阮兜”。还有，“若无共君同床困，因何裤带短三分”，自己的肚大起来不说，反说是裤带短了，表现的很好。①

歌仔册可以作为唱本，亦可当作读物；可以唱而听，也可以看或读。歌仔册的受众包括了听众和读者。

从总体上看，歌仔册以叙事、说教为能事；在日据时期的台湾，歌仔册乃是人文典故和人情世故，乃是中华文化传播和延续的一个载体。

《台省民主歌》“采拾台湾故事”，近于“西洋之史诗”。在史诗与史实之间，《台省民主歌》兼重史实，具有相当程度的真实性。

例如，关于唐景崧官军兵变和临阵脱逃的丑闻，《台省民主歌》45.1—46.2 句曰：

① 《民谣座谈会》，引自《台湾文化》第 2 卷第 8 期，1948 年。

景松家后返家乡，送伊库银一百两。做人中军敢返样，就共贼里细思量。

贼里听见就得知，手夯大刀就起来，一时打到抚衙内，就力中军起来口。

66.1—67.4 句曰：

初十基隆陈大镜（铳），第一返背广东兵。抚台卜走块想正，害死官员真不明。

城内火车直直口，卜去基隆甲伊口。也无口须三五摆，透冥抽兵走落内。

以上所记，亦见于史书。姚锡光《东方兵事纪略》记：

三月二十五日午后，景崧之婿余姓者内渡，令勇丁舁其装出抚署。将入船，文奎率党十余人持刀劫于道；勇丁逃，文奎令其党安置掠物关帝庙；而自追勇丁，直入抚署内。方副将自出喝曰："汝欲反耶？"文奎径砍其头；方副将抱头反奔，入门已踣。中军护勇时屯署内，将应文奎，争出棚放排枪，盖以为号也，帮带见事急，自闭营门，并闭抚署门。[①]

思痛子《台海思恸录》记：

省垣益惶怖，连夜命黄翼德统粤勇乘火车赴援。及抵基隆，前敌

① 姚锡光：《东方兵事纪略》，引自《台湾文献史料丛刊》第7辑第40种，第47—48页。

悉败溃，遂乘原火车返省，妄言基隆已失。省中立时哗溃，如水决风发，莫可遏抑。[①]

俞明震《台湾八日记》记：

维帅一见，即言“大事已去，奈何？”余出绅士公禀，且请驻八堵。维帅言“午刻闻前敌言，即令黄翼德率护卫营扎八堵”。顷黄忽回城，据言“狮球岭已失，大雨不能扎营，且敌悬六十万金购总统头（六十万金购头之说亦谣言也，可笑），故乘火车急驰回城，防内乱”（黄至八堵，士卒均未下车）。余怒斥其欺罔。[②]

又如，关于台湾个别士绅附逆的劣迹，《台省民主歌》87.1—87.4句曰：

日本入城未几时，就叫良兄倩戈里。卜倩龟里满满是，一时扛米无延迟（按，“戈里”“龟里”在闽南方言里又作“苦力”）。

161.1—163.4句曰：

日本安民未几时，就讲采金一代志。平生个人真硬气，无宜尽忠归行伊。

虽时打扫大厅堂，就倩人工煎茶汤。一家大小环环返，望卜做官

① 思痛子:《台海思恸录》，引自《台湾文献史料丛刊》第7辑第40种，第9页。

② 俞明震:《台湾八日记》，引自《台湾文献史料丛刊》第7辑第57种，第12页。

有久长。

日本叫伊来相议，次子文乾第有义。领兵台南平刘义，返来正人皆欢喜。

128.1—128.4 句曰：

采舍带在锡口后，算来庄中第一头。日本大队一下到，守备公馆安伊兜。

以上所记，亦于史有据。廖汉臣《詹振抗日考》记：

（日军）至七日下午六时完全占据台北城。而雇用锡口人施良，随日军一小队至锡口，募集工人，搜括粮食。日兵及随军员工，到处强征鸡鸭，侮辱妇女。

又记：

日军开抵锡口后，是在当地陈采舍大厝中借宿。陈采舍是当地有名的富户，为保身计，殷勤招待日兵，且应日军的要求，派他次子文乾和弟有义，到日军前听用。[①]

又如，关于詹振抗日的英勇事迹，《台省民主歌》165.1—179.4 句记之甚详。其文誉詹振“真敢死”“真清荣”“有功劳”“尽忠报国”，谓日军“无路用”“未口半阵就退兵”“败阵走入府城内，通城个番流

① 廖汉臣：《詹振抗日考》，载《台北文物》第 3 卷第 1 期，1954 年。

目滓”，并用指桑骂槐之法，表面上指责詹振、实际上痛骂将锡口夷为“平埔”“害人无厝”的日军。据廖汉臣《詹振抗日考》的考证，《台省民主歌》里的詹振故事，一一合于历史的真实。

四

《台省民主歌》乃以“清国”之“钦差”在台湾建造铁路的事迹起兴。“钦差”指初以巡抚衔到台督办军务、后任台湾巡抚的刘铭传。刘铭传在台期间积极推行新政，卓有建树。

在我看来，《台省民主歌》开篇讲述“清国”之“钦差”的事迹，并称“百姓闻名少念伊”（按，“少念伊”即“想念他”），除了文学技巧上的考虑外，还有表达思想内容的用意。从日据之初开始，对“清国”贤良官员包括刘铭传的思念常流露于台湾的文学作品。

例如，与《台省民主歌》作年相当的洪弃生的名篇《代日儒答清官、日官利害》（1896），痛快淋漓地表达了对“清国”即中国历代贤良官员的情感。其文略谓：

清官去而日官来，事之大变、民之大害也，民之害多而利少也。非利少也，利不胜害也。何害乎？害其私也；何私乎？私日本也；何私日本乎？私日本以迫台民也；迫台民何谓私乎？私将令之不立也、私官令之不行也；何谓不立、不行乎？将不能令以戢兵、官不能令以救民，此所谓私、所谓害也。

……今者台湾新破，攻城略地，尸横遍野；所杀皆途路平民，民为寒心——然犹攻取之日，不可得而察也。乃得地经年而兵悍愈甚，占民居、掠民财、淫民妇、戕民命、辱民望，民之含忍而不敢言者多矣；至万无可忍而始出告诉，而将官俱置诸不问，民为短气——然犹曰地方未久，不可得而安也。乃时至踰年而各部兵官妄囚民、妄刑民、妄杀民，囚则极虐、刑则极酷、杀又极冤；孔庙儒林受残毁，书生秀士遭苦辱，而民于是绝望矣！民间小有争讼，咸受各部苛责；至受日人之暴而有讼，自始至今未尝小有惩示：此非大害乎？害出于民，各有所治；害出于日人，绝无所戒：此非大私乎？皇皇宪草，未尝悬一新令以戢官兵；堂堂国法，未尝诛一屠伯以慰民心：此非私日本以迫台民乎？故曰害多而利少也！[①]

又如，谢云声编《台湾情歌集》(1927）收有语涉“钦差”的台湾情歌三首：

钦差造桥在新庄，北桥要过开桥门。要去娘兜路不远，铁打脚骨也阴酸。

钦差造桥真是贤，柴桥要造汇一头。想要与娘你来斗，无疑有头无尾梢。

钦差造桥真是通，要造铁桥到完工。护娘侥去话袂讲，是你哥仔大栋憨。[②]

又如，1911 年 4 月 2 日台中栎社诗会乃以“追怀刘壮肃”为题，与会社友 28 人、来宾 12 人（包括梁启超）各以此题赋诗，追思刘壮肃即刘铭传。

《台省民主歌》36.4 句曰：“尾省台湾写乎伊”，42.1 句曰：“尾省

① 洪弃生:《寄鹤斋全集》，引自《台湾文献史料丛刊》第 8 辑第 304 种，第 64—65 页。

② 引自谢云声编:《台湾情歌集》。

头人真不通”。台湾于 1885 年建省（全称为“福建台湾省”），其时乃在“甘肃新疆省”设省之后，故有“尾省”之称。台湾民间至今尚有“尾省出贤人”之谚流传。

《台省民主歌》75.1 句曰：“抚台逃走过别省”，82.2 句曰：“台湾一省寻无官”，145.4 句曰：“一时搬走过别省”。

《台省民主歌》以“台省”入于标题、“清国”入于首句（“说出清国一条代”），又在文中屡用“尾省”“台湾一省”称台湾，“别省”称其他省，以此表明对台湾建省、对台湾作为“清国”一省之地位的看重。

对“清国”贤良官员的思念、对台湾作为“清国”一省之地位的看重，这两个方面均属于祖国认同的观念。

祖国认同的观念从来是台湾人民爱国主义传统的最为显要和重要的部分，即使在日据时期的台湾、在台湾的日据时期，此一状况也没有改变。